Borderline

神村 夏紀
Natsuki Kamimura

文芸社

もくじ

Borderline

痣

去年の誕生日に父さんからもらったデジタルカメラは、最高の一眼レフだ。まさか、僕がこんな利用方法をするとも知らずに、一眼レフの魅力を語っていた父さんの顔を思い出す。

僕は鈴木正義、高校2年生だ。僕は今、自分が通う私立聖栄高校の部室棟にいる。非常階段の1階部分で、戦場カメラマンのように静かに隠れながら、そして、ドキドキしながらカメラをかまえる。

親友の加藤優介は、隠しカメラ派だ。あいつは、カメラを仕込む時と、回収したカメラに何が写っているのかをパソコンで見る時のドキドキがあれば、彼女なんていらないらしい。僕は、あくまで一瞬を切り取る感じが好きだ。

今日は、もう30分もじっとかまえている。

辛抱すれば良い写真が撮れると僕は本気で信じているんだ。

「来た」

小さく、さらに体を小さくする。

バスケ部女子が2階の部室に向かうところを連写する。

3年生の先輩と、多分、同じ学年の佐藤杏子だ。

バスケ部女子の内太ももは、上手く撮ると最高だ。

2年8組の佐藤杏子は、完璧なボディラインだと男子の中ではもっぱらの評判なんだ。部室棟の向かいの建物から着替えているところを望遠撮影したら、きっと喜ぶ男子が続出だと想像すると興奮する。


「今は、目の前の被写体に集中しないと」

独り言を言いながらレンズを覗き込むと、みんなが言っていた通り佐藤杏子は生パンだ。

「カバーパンツなんて物は、彼女の辞書にはきっと存在しない。そこが、大人の女、佐藤杏子なんだよねぇ」

とアホな男子が言っていたけど、僕には何がいいのか本当に分からない。

それでもなぜだか僕のドキドキはマックスだ。最高の写真が撮れたと思うが、気になることが1つ残ってしまった。早くプリントアウトしたくて、速足で写真・映像部の部室に戻った。

僕は、自信作を自分のノートパソコンで見てみる。

どれもいまいちの出来で少し消沈気味ではあるが、例の佐藤杏子が残ってる。傑作だといいんだけどな、と思いながら画面一杯にして画像を見る。

「やったね。やっぱりいいよね、佐藤杏子は」

僕が若干興奮して大人風につぶやくと、どれどれと優介が僕の方に寄ってきた。

「そうなんだよね、あの子は下半身がむっちりしていて、パンツの股の部分がマジでいいよね」

優介はにやけながら、どうせお前にはこの良さが理解できないだろうと言わんばかりのドヤ顔で僕の目を覗き込んだ。

僕はさらに高値にするために、画像を加工してみようと思ってちょっと手を止めた。

「何だ、これ？」

僕が首を右に90度倒しながら言うと、優介はしょうがないなと僕の真横に立って、同じく首を90度右に倒して画面を見た。

佐藤杏子の両足太もも部分には、無数の赤黒い痣があった。

「手形だ」

クイズ王になったかのように優介が首を戻しながら言った。よく見ると、優介の言う通りその痣は、手形のように見える。優介は手を突き出してさらに解説を続ける。

「両手で思いっきり佐藤杏子の足を広げた奴がいる。こんな感じでさ」

佐藤杏子はエロい。エロすぎる。外見からは想像もできない佐藤杏子のエロい痣を、僕と優介はしばらくじっと見ていた。この画像が取扱注意だということは、アホな僕にも分かる。

「これは、とりあえず極秘ショットにするよ。3年生の先輩の画像は、すぐに3万円程度で買い手が付くと思うし、当座の小遣いはできるから大丈夫だよ……」

僕は、どうしても佐藤杏子の痣が脳裏に焼き付いて離れない。

「優介、普通にさぁ、やってさ、あんな痣はつくものなの？」

「あれは、激しいだろう……かなり激しいな」

優介は経験者で、僕は未経験者だから、基本的に僕は何にも分からない。

「エロすぎだな……」

優介と僕は、少し間をおいて同時につぶやいた。

想像はマックスだ。この後、どの顔で佐藤杏子を見るかが困った。興奮しすぎて今夜は眠れなくなりそうだ。でも、なんだか嬉しい。他人の秘密を手に入れてしまった。

あれこれと考えながら、ぶつぶつと独り言を言っている横で、優介は勝ち誇ったようにいつもの様子で自分の収穫を僕に披露する。

優介が撮影した映像は、僕の画像の価格とは比べものにならないほど高額なんだ。今回は、3個カメラを仕込んだらしい。1つ目は水泳部の部室、2つ目は体育館の道具倉庫、3つ目は女子トイレ。

「おい、もしも金とか必要なら、俺に言えばいいからね」

急に優介が変な金貸しヤロー的な発言をしてきた。こいつ何か凄いヤバイことを考えついたに違いない。ヤバイ感じのにやけ顔で僕をチラ見した。僕が何かを察したことなど気がついているくせに、何事もなかったかのように慣れた手つきで映像の加工に入っている。

「水泳部の部室は、女子が水着に着替えている映像が3人分で、まあ買い取り価格5万円ってところだなぁ……女子トイレは、女子が放尿している映像がざっと20人分はあるから10万円。体育館の道具倉庫は、生徒同士のセックス映像が2組と、教師と生徒の物も今回はあるなぁ……こいつらまだ続いてたんだなぁ、マジ気持ち悪いわぁ。いくらになるかな、結構稼げたな、今回は」

　優介が顔とかのボカし処理をぺらぺらとしゃべりながらこなしている。優介曰く「個人情報保護の観点から、顔はバラさない」らしい。

　部長や顧問の先生は、優介の行動を全く把握していない。学校の先生たちは、今時の高校生が道具倉庫でどれだけの汗や体液を流しているか知らなくて幸せだ。僕は優介の映像のお蔭で、未経験者なのに知識ばかりすっかり豊富になってしまった。

　マット運動の時や跳び箱の時は、優介に見せられた映像のお蔭で、いろんな意味で保健室に逃げ込みたくなる。

　とにかく、僕らのアルバイトは結構な金額が手に入る。優介は映画製作をするための資金を現在貯蓄中で、既に1000万円近く貯まっているはずだ。

　彼は凄い大人になると思う。絶対になると思う。

　彼は、他の高校2年生とは別格だ。頭も顔も性格もいいし、背も高い。99パーセント完璧な男だ。残りの1パーセントは、凄くヤバイということ。映像に関しては、怖いくらい、いつも欲求不満状態で満足してないのが傍にいてよく分かる。

　片付けをしていると優介がおもむろに言い出した。

「俺さ、佐藤杏子の部屋に仕込みたいから手伝えよ」

「何言ってるか、よく分かんないけど……不法侵入だよ。犯罪だよ」

「っていうか、俺らもう十分犯罪者なんだけどね」

そう言った優介の顔は、満面の笑みなんだ、これが……怖い。

「家が近所だから、何とかしてみるよ……タイミング良くなったら言うからさ、待ってて、あと、お金はいらないから」

「ふぅん、でも俺ら十分共犯者だから」

僕がちゃんと考えずに適当に言ったのが、若干癇に障ったみたいで、真っ直ぐに僕の目を見ながら優介が言った。優介の真面目な顔も怖い。

部室を出てから、教室のロッカーに携帯電話を忘れたことを思い出して取りに行くと、階段の上から僕の佐藤杏子が下りてきた。

普通すぎる感じが余計に想像を掻き立てるものだということに気づいて、僕は大人になった気分で佐藤杏子の顔を見た。

「えっ、何?」

佐藤杏子は僕に聞いてきた。

「別に」

僕は頑張って平静を装った。

あぁ、僕はへんてこな顔で佐藤杏子を見てしまっていたのかもしれないと思ってうつむいてやり過ごした。こんな時、優介なら気の利いたことを言うんだろうな。やっぱり僕はまだ子供だ。

露　呈

翌朝、探し物から始まった。

「ない」

どこをどう探しても僕のＵＳＢがない。とりあえず自分の行動を綿密に思い出してみる。

昨日は、学校を出た後で優介とショッピングモールのフードコートでラーメンを食べてから家に帰って来た。

そのまま自分の部屋に入って、頭が痛かったからベッドの上にうつ伏せになったら、朝になっていた。

「ああ、最悪だ」

取扱注意の大切な商売道具を、僕はどこにやっちまったんだ。もう暴力息子のように、手にしたものを全てブン投げてしまいたい衝動に駆られて仕方がない。

靴も制服も隈なく探したけどない。僕は、消えてなくなりたい気分満載だ。最悪な朝を迎えたよ。

「クソババァ、何か絶対にやったなぁ」

少し大きな声を出すと、階下からそのクソババァこと、僕の大好きな母さんが僕の名前を呼んでいる。

「正義〜、正義〜、お父さんが呼んでいるから下に来なさい」

最悪な日はマックスに最悪で、珍しく父さんが家にいる。

あぁ、絶対リビングルームになんか行きたくないけど、仕方がない。気合を入れて階段を下りると、父さんは階段を上って来ていた。

「おい、これお前のか?」

父さんの手の中には、僕の命の次に大切なあのＵＳＢがあるじゃないか。

「そうだけど……学校で使うので返してもらえますか」

僕は可能な限り平静を装って言った。

「廊下に落ちていたから、父さんのかと思ってさ、中を見てしまったんだけど、分かるよな。

これの説明しろよ、母さんには言わないから」

　父さんらしく、声を荒らげることもなく淡々と低い声で、それでいて目は猛烈に鋭くて、できる男という感じなんだ。これが僕の父。僕は絶対にこの人の部下にはなりたくない。存在が威圧的なだけでなく、いつも正当で真っ直ぐな人。尊敬すべき大人の男なんだろうけど、今の僕にとっては恐怖以外の何物でもない。

　父さんは、先に僕の部屋に入って、さあどうぞと言わんばかりに手を部屋の方へ向けた。

　1歩、2歩と歩きながら短時間で僕の脳みそはフル回転をし始めた。言い訳を考えないといけない、もっともらしく子供っぽい理由を絞り出せ、脳みそ。

「これは、お前の趣味なのか？」

「はい、そうです。はじめは偶然に撮れてしまって。それからは興味本位に撮影してしまいました」

「犯罪ということを理解できているのか？」

「はい、恥ずかしいです。すぐに消去します」

「それは当然だが、父さんが知りたいのは、これは出来心であって、あれだ……病的な感じではないと思っていいんだな」

「もちろん、性癖ではありません。もう二度としません。本当に申し訳ありませんでした」

「今、ファイルを空にできるか、父さんの前で」

「はい、できます」

　僕はすぐにパソコンを立ち上げると猛烈な勢いで操作した。そして、何もかもを消し去った。僕の佐藤杏子も消し去った。でも、お金に換えていたということがばれずに済んだことは、不幸中の幸いだと思わないといけない。

「父さんは、全部見たんですか？」

「いや、全部ではない。父さんにも高校2年生の時はあったんだから、お前の言うことを理解できないことはないんだ。ただ、父さんの高校時代と現代とではいろいろなことが違いすぎて、少し難しいところがあるのは、お前にも理解してもらえるといいんだが」

「はい。ごめんなさい」

　僕は、謝罪作戦に打って出た。

「写真は続けてもいいですか？」

　僕は渾身の演技をしたつもりだ。

「部活に関しては、少し休部届を出しておくようにしなさい。いいね」

父さんの「いいね」は、拳骨で殴られるよりも心に大きな傷をつけるということを本人は全く気づいていない。

「はい、分かりました。本当にごめんなさい」

父さんは、うんと1回頷くと部屋を出て行った。

「あぁ、正義」

父さんが踵を返して戻ってきて僕に聞いてきた。

「一ついいか？　あの女の子は、お前の知り合いなのか？」

「はい、知っている子です。でも、彼女とかではないので。僕は彼女がいませんから」

「そうか」

小さくため息をついたように見えた。

「とにかくちゃんとしろよ」

そう言うと階段を下りて行った。

僕は不謹慎にも反省どころか、父さんもあの痣に気がついたのだろうか、父さんはどう感じたんだろうと思ってしまった。

とりあえず、急いで学校に行きたい。この状況を優介に話さなくっちゃいけない。それだけが僕の心と脳に浮かんだことだった。

僕はもう、父さんと母さんと昨日までのように話ができない鈴木正義になっていることに気がついていなかった。僕の知らないところでいろんなことが勝手に動き回ってしまって、制御できない状態になっていた。

家を出た後、すぐに優介に電話をかけ、今、僕に起きたことを話した。

すると、優介は思いっきり冷静な口調でへんてこりんなことを言い出した。

「正義、お前の父さんは俺のことを何か口にしたのか？」

「はあ？　どうしてお前のことなんだよ」

ちょっと早口で話しすぎて説明ができていなかったと思い、深呼吸をして、もう一度聞いた。

「だから、僕が出来心で趣味みたいに撮ってしまったっていう態で話をしたよ。お金に換えていることは何も、一言も言ってないよ。逆に何で？」

「お前は恐ろしく子供ちゃんなんだよ。俺の映像を買った奴が、結構な範囲にそれを流しやがった。もはやどこまで広がったか分からない。お前がスヤスヤ寝ている間、俺は一睡もできず追跡したけど、無理だった……終わった」

なんだよ、いつもの優介らしくないじゃんか。

「じゃあ、学校で待ってるから、ちゃんと来てよ、優介、聞いてる？　終わったって何だよ。訳分からないから、ちゃんと話をしよう」

僕の声が聞こえたかどうか分からないけど電話は切れた。本当に分からなかった。父さんは、本当は何か知ってたんだろうか？　本当は廊下で拾ったんじゃなくて、僕の荷物を探したのかもしれない。

事件が起きたから、だから、家にいて、朝から起きてたんだ。

僕の嘘は全部見破っていて、騙されたふりをしたっていうのか？　最悪なのか？　僕も最悪な状況なのか？　僕の画像は流れているのか？

「あぁ、速く走ってくれ小田急線……」

つい口に出てしまった心の声に、隣で吊り革を握っているサラリーマンが新聞から目だけを僕に向けた。

学校の部室で優介を待ってたら顧問の川田先生がやって来て、

「鈴木君、加藤君はどこにいるか知ってる？」

って聞いてきた。

「もうすぐ来ると思いますけど、どうかしたんですか?」

なんでこんなにドキドキするんだろう。

「じゃあ、加藤君が来たら伝えといて。後期は3年生が受験態勢に入るから、新しい部長を決めるための部会を開く準備をしてほしいって。あっ、君もだよ」

そう言うと部室を出て行った。

知られてないじゃん。結構、優介の取り越し苦労じゃないのかな。

そんなことを考えてたら、優介がやって来た。何もなかったように涼しい顔をして僕の前に座ると、おもむろにポケットから名刺を机の上に出して、それを指さして、トントンと叩いた。

「この会社、お前の父さんの会社じゃねえ?」

そう言われてよく見ると、見慣れたマークと社名が書いてある。

「そうだね。どうしたのこの名刺、誰、この佐々木って?」

「こいつだよ、俺の映像をバカみたいに流しやがって、昨夜、逮捕された奴は」

「僕たちのこと知ってるの、この人?」

「いや、分からないように注意してコンタクトを取ってたから大丈夫だと思うけど、映像の内容でどこの学校かは分かっちゃうかもしれないよね、この学校を知ってる人なら」

「僕の父さんは、全部知ってて今朝話をしてたのかぁ」

「あぁ、お前の父さんはこの学校のＯＢだから、佐々木のパソコンにあった映像を見てすぐに分かったんじゃないかな。警察が俺らのところまで来るとは限らないけど……全部、消すぞ。データやファイルだけでなく全部だ。俺は、自分のノートパソコンは廃棄してきた。もうスクラップだ。これから秋葉に行って同じ型のを買ってくるよ。お前もそうしろよ。跡形もなくすんだ。分かったか。あと、もしも、父さんに聞かれたら今度は本当のことを話せ。お前の父さんは味方になるかもしれない」

そう言うと、今度は僕の返事も聞かずに部室を出て行った。

「言える訳ないだろ、今朝、あんな会話をしてしまったんだから」

僕は僕自身に言い訳をした。

授業は、きちんと出席することにした。冷静にならないといけないと思った。普通でいたかった。

食堂で佐藤杏子を見た。やっぱり普通に皆と楽しそうに話をしながら列に並んでる。みそラーメンを食べるらしい。僕も今日はラーメンにしよう。

みんな、楽しそうだな。僕みたいな悩みを持っている奴なんていないよな、きっと。

ホームルームが終わると僕はすぐに学校を出た。優介が言ってた通りにした。でも、パソコンは廃棄できなかった。僕のパソコンは父さんがカスタマイズしてくれたもので、秋葉で簡単に買い替えられる品物ではない。とにかく画像やファイルや、全部をデリートした。

気がつくともう午後6時になってた。

「塾の時間だ」

僕はいつものように普通に過ごした。頑張って普通にしてみた。

塾が終わって、コンビニでカップラーメンを食べていると優介からメールが入った。

〈町田のボックスにいるから、すぐ来て〉

電車に乗らずに駅の反対側のカラオケボックスに行った。

優介は、昼間の感じとは全然違う、いつもの優介に戻っていた。良かった。優介は本当に凄い。やっぱりこの男は凄い。

「なんつう顔してんだよ。泣いちゃうかぁ」

そう言うとB'zの『Liar! Liar!』を熱唱している。優介がB'zの歌を歌う時は、大抵、良いことがあった時だから僕は嬉しくなった。

「お前、父さんに会った?」

「まだ会ってないけど本当のことなんて言えないよ。だって今朝、超芝居打ったから、無理……」

「じゃあ任せるよ、そこらへんは……。カップラーメンしか食ってないんだろう、おごってやるから食えよ。あと、歌えよ」

そう言うと、めちゃくちゃカッコいい笑顔で僕を安心させてくれた。最高だよ、優介。僕は、一生ついて行くよ。


家に着くと深夜0時をちょっと過ぎてて、静かに玄関を開けて部屋に行くと、どっと疲れてベッドに横になった。体が吸い込まれるようだとよく表現する人がいるけど、本当にそんな感じで、超気持ちが良かった。

「正義……帰ったの？」

母さんの声がドアの向こうに聞こえる。

「だから、あんたは僕の部屋の前で、僕の名前を呼んでいるんでしょう……」

うざい。ひたすらに、うざい。

「父さんが、正義を外に出さないようにって言うんだけど、何かあったの？」

僕に我慢の限度はない。限度なんてものは、本日は持ち合わせてない。

「めちゃくちゃ、うざいんだけど。もう寝るから」

「父さんは、母さんに説明してくれないし、何なの二人でコソコソして……」

そう言うと僕の部屋に入ってきて、枕元で話し始めた。

「だから、うざいって言ってんじゃん。ババアは知らなくていいんだよ。寝ろよ」

「何よ、母さんだって正義のこと心配してるのよ。父さんはたまにしか家にいないくせに、何なのよ。母さんにも話して」

「父さんに聞きなよ。あなたに話をすることは、何もありません」

僕は、どうしてこんなに母さんに冷たく当たってしまうのか分からないけど、ただイライラして仕方ない。お願いだから出て行って下さい。祈るような気持ちでいると、あきらめたように出て行った。

これで安らかに眠れる。父さんは今夜も遅い。父さんの会社は、逮捕者を出したＩＴ企業だから大変だろうな……優介の映像は高く売れたもんなぁ。明日の朝は父さんいるのかな？　まあ、今日は寝よう。

「おい、正義、起きなさい」

まだ外が暗いのに父さんに起こされた。

「今、何時ですか?」

「4時半だ。すぐに出かけるから、着替えろ」

父さんの声が心なしか疲れているように思えて、怒らせないように飛び起きて、身支度を済ませた。

僕は父さんの車に乗ると、ずっと車窓を見ていた。父さんと話すことは何もない。めちゃくちゃ空気が重くて、息が詰まってきた。死ぬ寸前で父さんの会社に着いた。取り調べられるのかな、と不安になった。優介に電話をかけたかったけど、全く自由な時間がない。

父さんの会社に来るのは5回目くらいだ。IT企業らしく、おしゃれな感じがするビルの5階。ワンフロア全部が見渡せて、平社員も社長も壁がなく働くらしく、風通しの良い会社とかで一度テレビに出たこともある。

僕は、父さんみたいな上司の隣で仕事を一日中しないといけないなんて、地獄にしか思えない。もしかして、あの佐々木とかいう奴だったりして、父さんの隣の人。

「おい、奥の部屋に先に入ってなさい。何にも触るんじゃないぞ」

父さんはいつも僕を小さい子供の頃と同じ扱いをする。まあ、実際に父さんと過ごした時間を考えると、僕が17歳になっているなんて感覚はないのかもしれない。

奥の部屋は、さらにおしゃれなソファと大画面テレビがあり、小さいバーカウンターみたいなところにいろいろな種類のお酒が置いてある。

不思議な部屋だなって思っていたら、若い男の社員さんが紅茶とクロワッサンを持って来てくれた。僕はそれを食べながら待ってると、5年ぶりくらいに会う父さんの友だちで、この会社の社長の山崎さんが入ってきた。父さんと山崎さんは、ノートパソコンを僕の前に置くと見たことのある画像を出して聞いてきた。

「正義君、久しぶりだね。私のことは覚えてくれているかな?」

「はい、お久しぶりです」

「今日は、朝早く起こしてしまって、ごめんね。君はお父さんから何も聞かされてないと思うからびっくりしてるよね」

「はい」

僕はもう怖くて、さっきのクロワッサンを食べたことを後悔するほど吐き気がしてきた。

「実は、うちの会社の社員がポルノ映像を無許可で販売して逮捕されてしまったんだ。でも、その映像の制作者が分からなくて警察の家宅捜査が行われ、彼の自宅と会社に今日、あっ、正確には昨日だね、警察が来たんだ。私と君のお父さんと二人で、もう一度その社員の販売したとされる映像を確認することになってね。警察としては、うちの会社が関与していると想像したらしい。君も知っていると思うけど、基本的にはコンテンツとかアプリ制作会社だから全然違うジャンルなんだけど、彼らにとってはどれも同一に思うんだろうね。まあ、その映像を警察と見ている時は、私も君のお父さんもさっぱり分からなくて、警察に制作者のパソコンが特定できるかもしれないとアドバイスをすることくらいしか、できなかったんだ。結局、会社は事件に関係ないということを確認して、警察は帰って行ったけど、後になって気がついたんだ。あの道具倉庫は、君の高校の体育館の倉庫だよね」

僕はもう動けない。ばれているじゃないか。

父さんと山崎さんは僕の高校のＯＢだから分かったんだ。あの体育館は、夏休みを利用して建替計画をされているほど古いから、二人とも気がついたんだ。山崎さんは確かバスケ部だったって前に聞いたことがある。だから余計に体育館は覚えていたんだ。今は冷静に注意深く返事をしないといけない。ひっかけ問題かもしれない。

「映像を見せてもらえば、僕も確認が取れると思います」

僕はできるだけ平静を装ってみせた。僕は、父さんの顔をちらっと見た。

「正義、父さんの話をきちんと聞くんだぞ。お前は、例の写真をお前の趣味で撮りためていたと言ったが、本当は誰かに売却をしたんじゃないか？　その売却した男は、この写真の男じゃないのか？」

「僕は写真を売ったりしてないよ。そんな方法知らないよ」

優介の言っていた通りになっている。でも、この佐々木っていう男は本当に会ったことはない。多分、優介のことだから上手いことやって、優介も直接会わないようにしてると思う。

「じゃあ、もう一つ聞くけどな、お前はデジカメで写真を撮るだけなんだな。動画は撮らないんだな」

父さんの声は小さいけれど、本当に怖い。

「お前の部活で、誰か動画を撮影している生徒はいるのか？」

僕は泣きそうになって、何とか堪えた。

「写真・映像部だから、僕のように写真を撮る人と、自主映画を制作している人もいます。中等部と合わせると部員は１２０人くらいいます。だから本当に分かりません。映像の人たちは、演劇部の人たちと映画を撮影する人がほとんどだから、僕はあまり関わり合いがないんで。すみません」

「正義君、未成年の君にはとても見せることのできないような映像が君の学校で撮影されて、それを佐々木が購入して、まあ、仕入れしたんだな、それを販売した。この佐々木の罪は重いんだよ。私も、もしも自分の子供が撮影されていることが分かったら、絶対に許さないと思う。さっきも話したと思うけど、警察は会社ぐるみの犯罪でないということが分かったから、もう会社には来ないと思う。本当に君は何も知らないんだね。おじさんと君のお父さんは、明日、警察に君の通っている学校内で撮影された可能性があると伝えようと思っているんだ。君のお父さんは、結構疑われてしまうと思うんだよ。子供が通っている学校だからね」

山崎さんはとても優しい口調で話をしてくれた。子供がいないからか、父さんよりかなり若く見える。

「本当に僕は何も知りません。ご協力できなくてすみません」

我ながら完璧な演技だと思う。アカデミー賞をもらえると思う。

「分かった。もう家に帰ろう」

父さんの顔は本当に疲れている。

父さん、ごめんなさい。本当にごめんなさい。僕は200万円くらいは稼いだんだ。パンチラ写真と着替え写真で。心の中ではこんなに謝罪の言葉が出るのに、どうしてちゃんとできないんだろう。

僕は、謝ってしまった方がいいのかもしれない。優介もはじめは、本当のことを全部父さんに話していいって言ってたから、話そうかな。

エレベーターを待っていると、喉が急に狭くなってきて、涙が溢れてきた。体が震えて止まらなくなった。

「父さん、僕は逮捕されるの？」

やっと振り絞った声で聞いてみた。

「どういうことだ？」

「お前なのか、あの動画を撮影したのは？」

今までに見たことのない父さんの顔が、そこにあった。

「ごめんなさい。ごめんなさい。本当にごめんなさい」

父さんは僕の腕を掴むと、またあの部屋に連れ戻した。

僕は、しばらく頭を抱えて黙っていた。父さんも山崎さんもそんな僕をじっと見ていた。誰も何もしゃべらないで時間が過ぎて行った。父さんは、ゆっくりと立ち上がってドアを開けると、さっきの社員さんに、温かいミルクティーを1つとコーヒーを2つ持って来てくれと頼んで、また、深くソファに腰かけた。

「正義君、ミルクティーを飲んで落ち着いたら、おじさんとお父さんに全部話してくれるかな？」

「僕は静止画だけで、今回の動画は僕ではないんです。本当です。動画は僕の友人が撮影をして、僕の写真と彼の動画をどんな方法で売りさばいていたか分からないけど、彼が売っていたんです。昨日、学校に行った時、友人から佐々木さんの名刺を見せられました。間違いなく佐々木さんの持っていた映像は僕たちの撮ったものです。本当にごめんなさい。こんなことになるなんて思ってなくて。変態おやじたちが自分の欲望のために購入しているんだと思ってました。こんなにたくさんの人に流通しているなんて想像もしてなくて」

　僕は、堰を切ったように話をした。父さんはじっと僕の顔を見ていた。

「お金はどうしたんだ？　お前、お小遣いを毎月母さんからもらってるじゃないか？」

　父さんは僕のお金の行き先が心配なのかな？

「学校とか友人関係で何かトラブルでもあるのか？」

「いいえ、お祖父ちゃんに昔作ってもらった郵便局の貯金通帳があったから、そこに貯金してます」

「お前は何をしたいんだ」

父さんは顔色がどんどん変わっていく。

山崎さんは、そんな父さんをちらっと見ると、父さんの肩を叩いた。

「正義君、何も知らずに恥ずかしい写真を撮られて、自分の知らないところで勝手に他人に売られている被害者の女の子たちのことを思うと、おじさんは本当に君のことを許せない気持ちなんだ。当然犯罪だからね、すぐに止めてほしいよ。でもね、今回の問題は君の写真じゃなくて、君の友人の動画なんだ。その子の名前とか教えてくれるかな？」

「教えたら警察に言うんですか？」

「いや、その子と、できれば話をしたいんだけど。どうかな？　連絡を取ってくれないかな？」

山崎さんは、とことん優しい口調で聞いてくる。

この会社が成功したのは、父さんが副社長で山崎さんが社長だったからだと、こんな時にふと思ってしまった。

僕が少し冷静になりたいと思ったことが分かったのか、

「その子は、君の大切な友だちなんだね」

と山崎さんは言うと、父さんと自分のことを話し出した。

「私が君と同じ年の頃は、バスケットボールばかりしていて、いつも宿題とか提出物とかは、君のお父さんにやってもらっていたんだよ。テスト前に君のお父さんに勉強を教えてもらって、本当に君のお父さんがいなかったら、まともに卒業もできなかったよ」

山崎さんが、何とか場を和ませようと昔話をいろいろ話しているけど、僕には、さっさと言えと怒られているように思えて、余計にどうしたらいいか分からなくなってしまった。でも、きっと優介が今の僕の置かれている状況をどこかで見ていたら、

「お前、なんでさっさと俺のところに連絡しないんだよ」

って言うと思う。結論は、優介に電話を入れることで決まった。

「分かりました。すみません、たくさん気を遣わせてしまって。今、電話を入れます」

僕は携帯電話をかけてみる。午前7時を過ぎていた。

「もしもし、優介？」

「あぁ、おはよう。どうした？　何かあったか？」

優介は起きてたのか、それとも凄く寝起きがいいのか、いつでも爽やかな男だ。

「ごめん、朝早く。実は今、父さんの会社にいて。社長さんと僕の父さんと、例の佐々木って

いう人の件で話をしていて、社長さんと僕の父さんが、どうしても優介と会って話がしたいって言うんだけど、どうかな？」

「いいよ。どこに行けばいいのか教えてくれたら、自分で行くよ」

優介は、本当はこうなることが分かっていたように普通に答えた。

僕は山崎さんに、優介が自分で来ると言っていると伝えると、こちらから迎えに行くから住所を教えてほしいと言われた。

「優介、会社の人が迎えに行くから、住所を教えてほしいって言われたんだけど」

僕がそう聞くと優介は、

「成城学園前駅で待ってるから。家には来てほしくないんだ。すみませんって言っといて。何かヤバイ感じ？」

「僕には分からない。大丈夫みたいな気もするし」

相変わらずバカな返事しかできない自分が、本当に嫌になる。電話を切ってから山崎さんに、優介が成城学園前駅で待ってると言っていたことを伝えると、ミルクティーを持って来てくれた社員さんに、今からすぐ行くように指示した。

僕は、社員さんが優介のことが分かるようにと、携帯の中の優介の写真を見せた。山崎さんは優介の顔を見ると「なかなかのイケメンだね」なんて言って、重苦しい僕と父さんの間で一生懸命な感じだ。

僕は父さんのこんな顔を見たことがない。もう僕のことを軽蔑しているだろうし、もう僕のことは大嫌いになったかもしれない。さっきからずっと、山崎さんに僕の話をしているみたいだ。一人っ子で甘やかして育てたからいけなかったとか、母さんが過保護に育てたとか、お祖父ちゃんが甘やかして何でもすぐに買い与えたからいけないとか、とにかく、手当たり次第に僕のダメ出しをしている。いい加減にしてくれと耳を手で覆って目を閉じていた。

突然、父さんは強烈な平手打ちを僕の顔面に食らわせた。その平手打ちが何かのスイッチに触れてしまって、僕は何が起きたのかよく分からなかったけど、とりあえず渾身の力を振り絞って殴り返してしまった。自分で自分の体を制御できなくなってしまったみたいで、完全に僕のハードディスクは壊れた。

床に倒れて鼻を押さえている父さんを見下ろしながら、いろいろな感情が湧き上がった。

僕は父さんのことを、尊敬する大人の男で、静かな口調で話をするが怖い人だと思っていた。殴ってしまうまでは、そう思っていた。

でも、実際は普通の気の小さいおっさんだった。僕みたいに思いを表すのに時間がかかって、いざ行動すると間がずれて、滑稽に見える、まるで僕の嫌いな僕が目の前で鼻血を出してうずくまっているようだ。僕は勝手に、普段あまり接することのない父親をイケてる大人の男に作り上げてしまったみたいだ。

なんだかがっかりしたのと同時に、自分の将来を見ているようで無性に腹が立ってきた。僕は、イライラして仕方ないから何とか落ち着こうと深くソファに腰かけると、少し残っていた冷めたミルクティーを飲んだ。

山崎さんは何も言わず、何事もなかったようにコーヒーを飲んでいる。いつの間にか父さんは部屋からいなくなっていて、気がつくと山崎さんと二人きりになっていた。

僕は、早く優介が来てくれるのを祈り続けた。僕も情けない男だ。

30分か40分すると制服姿の優介が父さんと部屋に入って来た。

「初めまして、株式会社クラウドネット代表取締役の山崎です。君は、正義君の友人の加藤君だね」

「はい、加藤優介です。よろしくお願いします」

「君は、賢い子のようだから、どういう状況に自分がいるか分かっているかな?」

「はい、おおよその見当はついていますが、どのあたりで僕は呼ばれたのかが分からなくて」

何なんだ、この二人の会話は。凡人の僕には入る隙間もないのか。優介と山崎さんの二人の会話で部屋の中が、田舎の子供部屋で大人と子供が会話をしていた空気から、都会のクリスタルみたいなクールな空気に変わった。しかも、会話の内容が探り合いみたいで少し怖い。

「加藤君、パソコンは持って来てくれたかな？」

「もちろん持ってきました。これを持って来ないと話にならないんですよね」

「悪いね。おじさんも責任ある社会人だからね、確認をしないといけないことがあるんだ。理解してもらえるよね」

「はい、もちろんです。どうぞ、ご自由に見て下さい。何やらの映像を探していると聞きましたが、僕のパソコンの中にはありませんから。あと、もしもの時の自衛策は既に取りましたから。ここは、警察ではないですよね」

優介は、いつもの爽やかな笑みを浮かべて山崎さんと会話をしている。山崎さんは、優介からパソコンを受け取ると素早く起動させて、何やらプログラムを調べているようだ。

「そうか、自衛策ね……あの映像を加工したパソコンはどうしたのかな？　自宅にあるの？　捨てたのかな？　警察って君が思っているより、ずっとずっと優秀だよ」

「僕なりの対策ですが、かなりきちんとできているように思っております。僕が持っているパソコンはこの1台だけです」

優介が「1台だけです」とはっきり強調して言うと、山崎さんは少し怪訝そうに優介の顔をもう一度直視した。

「シリアル番号が違うからですか？　対策は取りましたから」

優介は、決して動じることがないんだ。

「何か探していらっしゃるようですが。僕は何を探していらっしゃるのか分かりませんが、恐らくその探し物は、既にこの世には存在しないものだと思います。だから、どんなに探しても見つけ出すことは不可能です」

優介は一呼吸おいて、「恐らくですが」と付け加えた。

山崎さんは優介のパソコンを閉じると、おもむろに腕を組みながら話を続けた。

「僕も君の通っている高校を卒業したんだよ。バスケットボール部でね、あの体育館は凄く思い入れがあるんだよ。あの道具倉庫で先輩にバリカンで坊主にされて、当時の彼女が泣いてたよ」

山崎さんは別の角度から優介を攻略しようとしているのか、笑いながら話を始めた。

「そうですか、でも残念ですね、来週には体育館の解体作業が始まるんですよ。夏休み前から先行して工事を始めるようですね。来春の卒業式と入学式は、新しい体育館で開催しようということに理事会で決定したんですよね。あれ、山崎さんは僕の学校の外部理事だと思っていましたが、もう違うのですか？」

「いや、そうだよ。よく調べているね。でも、事件が事件だから、理事も辞任しないといけないかな」

　何だか穏やかな話し合いになってきているみたいで良かった。

「正義君も優秀な息子さんだけど、凄い友人を持ってて羨ましいな。これからは、彼らが時代を作っていくんだろうな。鈴木、安心しろ、大丈夫だ。何もなかったし、僕らは何も気がつかなかった。だから、警察に特に伝えることは何もない。証拠もないし、立証できない。そうだろ」

　山崎さんが父さんに聞くと、渋い顔をした父さんが、

「それでいいのか？　本当にいいのか」

　と聞き返した。

「これでいいんだ。この二人はこの後、17歳の夏休みを満喫して、受験に突入するんだ。お前

は、受験勉強とホルモンバランスのせいで自律神経が壊れてしまう息子をサポートする良い父親になるんだ」

「そうか、分かった」

父さんは、そう言うと僕の顔を見た。でも、その目はもう数時間前までの父さんではなかった。多分、僕も変わってしまったんだと思う。


その後、僕と優介は会社の車で学校に送ってもらった。

車中で僕と優介は何も話はしなかった。恐らく優介も今日は学校に行きたくない気分だろうなと思った。

「テストって来週からだっけ？」

僕がボソッと聞くと優介は急に笑い出した。

「俺、お前のそういうところ大好き。最高だよ、お前。笑わせるね。笑い泣きだよ」

と言って、僕の頭をまるでいい子いい子をするようにぐるぐるとした。

「そうだよ、来週からテストだよ。大学推薦取るのに大切なテストだよ……笑えるな。勉強しような……」

優介はそう言うと窓を少し開けた。きっと風を浴びたかったんだろうな。
優介にとっても、結構厳しい時間だったんだと思った。

恋心

夏休みに入り、部活の合宿も、これといって楽しい出来事もなく、優介と「なんかいいことないかな」と、日に10回は言っているような毎日を送っている。

僕は、塾の夏期講習なんていうのも受けてみたりして、受験生らしくなりつつある。優介は頭が頗る優秀だから、僕みたいにやらなくっても大丈夫みたいで、

「俺は短期集中主義だから」

なんて訳の分からない理由で勉強はしていない。その代わり、あの一件以来、山崎さんに気に入られたようで、クラウドネットでアルバイトをしている。

父さんがたまに日曜日に家にいると、優介の活躍ぶりを楽しそうに話している。

「優介が父さんの子供だったら良かったのにね」

って捨て台詞を吐いて、僕は自分でその場に居づらいようにしておきながら、不機嫌な素振りで部屋に籠る。最悪な息子だ。

でも、模擬試験の成績が良かったって母さんが一生懸命だから、母さんにはニコって笑ってあげた。ちょっと嬉しそうな母さんが可愛い。

あの事件以来、僕と父さんの距離はさらに遠くなったけど、僕には好都合だった。というのも、あの最後の撮影ファイルだけは消し去ることができなくて、手元に残っていたからだ。

僕は、あの痣がどうしても忘れられなくて困っている。

毎日、優介は「仕掛けるぞ」って僕を誘惑するのだけど、僕はどうも今いち乗り気になれなくて、あの手この手で逃れている。

僕は懲り懲りなのに、優介は全く悪びれてもいない。

「あれは、ヤバかったな」

なんて他人事みたいに言うだけ。でも、優介にとってはそれが、最大の反省の表現なのかもしれない。

僕は、父さんがいる家にいたくないので、日曜日だというのに塾に行った。エアコンは効いているし、ジュースもコーヒーも無料でパソコンも使いたい放題だから、快適な一日を送れる。

少し勉強もしないといけないし。前回の統一模擬試験までは私立大学を考えていたんだけど、国公立大学も視野に入れられるぐらいになってきたから、国立目指して頑張るかと思っている。大学で地方に行けば、父さんの近くで一生生活しなくてよくなるかもしれないから、快適な人生を送れる。

なんだか、取り留めもない時間を過ごしているところに、携帯電話がブルブルし出した。

「あっ、優介から電話だ」

なぜか声が少し出てしまった。

「おい、お前、今、どこにいる?」

「えっ?　普通に塾だけど」

「勉強とか頑張っちゃってる感じ?」

「うん、何か家にいたくなくてさ、やることないから勉強してるんだけど、そっちこそどうしたの?」

「あのさ、前々から言い続けている、俺のお願いだけど、そろそろ聞いてくれないかなあ、と思ってさ」

「えっ、マジでやだ」って、言いそうになって、グッと飲み込んだ。

何だか嫌な予感がするし、結構な犯罪だから、やりたくないんだけど、少しだけ、ほんの0・001％くらいだけど、あの家の中で何が起きてるのか怖いもの見たさもあると言えばある。

でも、僕がそんなこと思っているなんて優介に勘ぐられたくないから、極力かったるい感じで、恩着せがましい口調で、ひと呼吸おいてから答えた。

「しょうがないなあ。じゃあ、明日の昼くらいに優介の家に行くよ。とりあえずさ」

「とりあえずってなんだよ。怖気づきやがって」

優介は、僕をからかうことが趣味になってきていると時々思う。

「じゃあ、明日」

僕は、できるだけ爽やかに言った。

「おう……」

優介は山崎さん化が進んできていて、最近はさらに大人っぽい口調になってきている。

電話を切って時計を見るともう午後9時だ。

「今日は、そろそろ帰ります。明日は来られないと思います」

と受付に言って塾を後にした。

町田駅につながる繁華街を歩いていると、酔っぱらいのサラリーマンも目が覚めるような大きな声を出しながら、男たちが女の子を追いかけていた。僕も「何だ、何だ……」と野次馬根性で見に行ってみる。いったんゲームセンターに逃げ込んだ女の子が飛び出してきて、こちらに向かって走って来る。よく見ると、すごい形相の佐藤杏子だ。

何でこんな所で、こんな時間、こんな事態に、彼女が遭遇しているのか。

僕は完全に傍観者気取りで見ていたら、彼女も僕に気がついたみたいで、僕めがけて走って来る。

何でこっちに走って来るんだよ、どうすんだよ、佐藤杏子。

バカな僕は、現状がどうしても分からずに、ただ成り行きに任せるように、リレーでバトンを渡される時みたいに、今まで歩いていた道の方へ少し走り出した。彼女は追いついて、僕の手を握り締めて来たから、僕は彼女の手を引っ張り、走って、走って、走って、喉が鉄味になるほど走った。

東急ハンズの横を走り抜けて、橋を渡り、お寺の中に逃げ込んだ。境内の薄い緑色のフェンスのところに二人でしゃがんで小さくなって隠れた。

はあはあと荒い息があいつらに聞こえないように、僕らは抱き合うような形になる。

佐藤杏子の頬が僕の鎖骨あたりにあって、思わず彼女の頭をギュッと手のひらで押さえてしまった。彼女の頭は、実は僕の手のひら程度しかなくて、凄く小さくて壊れそうな感じに思えて涙が出てきそうになってしまったけど、彼女が泣いているから僕は泣けなくて、「男の子は女の子のために男らしくしないといけないのよ」と、いつも母さんが言っていた言葉がこんな時に頭に浮かんで来て、思わず彼女の頭をいい子いい子するようになでていた。

「言わないで」

彼女が僕の腕をギュッとしながら、小さい声で言った。

「えっ？　何て言ったの？」

「ありがとう。でも、誰にも言わないで」

「ああ、言わないよ。でも、何なのあの男たち、大丈夫なの？」

「ごめんね、話せないんだ。大丈夫じゃないかもしれないけど、多分、大丈夫」

彼女は、泣きすぎた子供がしゃくりあげながらお母さんに「ごめんなさい」って言っているように、僕に謝ってきた。

「家まで送るよ」

僕は、もう何も言葉が出てこなかった。

僕らは1時間くらいそこに隠れた後、JR町田駅の方から様子を見ながらデッキを歩いて小田急線に乗った。酔っぱらいたちの悪臭に耐えてようやく新百合ヶ丘駅に着いた。

「俺の家は、南口だけど、佐藤の家は北口？」

「反対だね。もう大丈夫だよ。一人で帰れると思う」

彼女は小さい声で言った。

「家まで送るって、俺、言ったよね」

そう言うと、僕は彼女の手をまた取って歩き出した。

話すことが見つからなくて、学校の体育館が建ち上がるのが来年の春には間に合わないとか、流行のお笑い番組の話とか、僕は一人でずっと話をしていた。

彼女もはじめのうちは相槌を打つ程度でほとんど話をしなかったけど、古いアパートが建つエリアに入り出した頃から少しだけ話をし始めた。

彼女の家は小さな平屋建ての木造で、お母さんと二人暮らしで、お母さんは夜に仕事に行っていて、いつも夜は一人だと言っていた。

ちょうど彼女が話し終わる頃に彼女の家に着いた。夜は一人だって言ってたはずなのに、家には小さな青いライトの明かりがついているのが見えた。彼女は、その明かりを見ると、もう一度ギュッと僕の手を握り締め、凍りついたように動かなくなった。

「そうだ、俺の家も教えてあげるよ」

と言って、僕は彼女の手を引っ張って、来た道を戻った。彼女は小さく「うん」と言って、泣き出した。

僕は、もう何の話をすればいいか本当に分からなくて、今、話を始めたら、絶対に聞いてはいけない質問とかしそうだから、黙って歩いた。駅に着いたあたりで、もうクタクタになってしまって、余計に話をしなくなった。

彼女は時々「ごめんね」って言うだけだから、僕は勝手にマンガ喫茶に入って夜を過ごすことにした。彼女も何も言わずにいたから、良かったんだなと思った。

「疲れたでしょ、もう、寝なよ。俺のことは気にしないでいいから」

僕がそう言うと、

「本当にありがとう。そんなに仲良くないし、私のことなんて知らないのにね。ごめんね」

そう言って佐藤杏子は安心したように眠った。

今、僕の横には、あの僕の佐藤杏子が無防備な寝顔で眠っていて、さっきまでのことを思い出すととても現実には思えなくて、思わず、

「月9かよ」

って小さくつぶやいてしまった。

彼女の寝顔を見てると、頭の中にあの痣と、優介が言っていた体位が浮かんできて、絶対に僕は眠れないし、頭と体がはち切れそうになって、もうあちこちが、痛くて耐えられなくなった。

彼女の寝息が深くなってきたのが分かったので、僕は翌昼までの料金を先払いして、家に帰ることにした。

「明日は、優介とあの家に行くんだよなぁ」

僕は、明日、優介に止めようときっぱり言うことを心に決めて、母さんの飲み残しのワインを飲んで眠った。

翌日、優介の家に行く電車に乗る前に、あのマンガ喫茶に寄ってみたら、もう彼女はいなかった。大丈夫だったかな……と思った。

もしかしたら、後で彼女の家に忍び込むかもしれないくせに、普通に心配をしてしまった。

隠しカメラ

優介の家に昼ちょっと前に着いた。優介が僕の分のパスタを作っていてくれて、二人で食事をしながらビールを飲んで、ちょっといい気分になってしまったせいか、昨夜の話を優介にしてしまった。

「なんだあ、家の下見をしておいてくれたんだ」

ニヤニヤと笑いながら優介は僕の顔を覗き込んだ。僕は、僕のいろんな感情を優介が全部見抜いてしまっているようで、猛烈に恥ずかしくて缶ビールを一気に飲み干した。

結局、僕は断るタイミングを逸してしまって、優介の計画を実行することになってしまった。

「僕さあ、本当は止めようって優介に言うつもりだったのに、何でいつもこうなっちゃうんだろう……」

僕がつぶやくと、

「それは、君も興味があるからでしょう」

と嬉しそうな顔の優介が、僕の耳元で答えた。

僕たちは、カメラを6ヶ所に隠すことになった。優介は、声も聴けると興奮状態で説明をしてくれた。僕にとってそんなことは、どうでもよかった。ただ、あの青い明かりが何なのかを知りたかった。

佐藤杏子の家は、昨夜はアッと言う間についてしまったのに、今日は凄く歩いた。

やっと到着すると、

「正義、庭の方に回って家の中を見られるか調べてくれるかな？　俺、準備するわ」

優介はそう言うとバッグの中をごそごそしている。

庭に回ってみると、掃出しの窓が2ヶ所あった。部屋が2つあるようだ。

窓からそうっと中を覗いてみると、青いライトの部屋は和室で布団が2組敷いてあったけど、誰もいないように見えた。タンスと鏡台があった。もう一つの部屋は、居間なのかテレビがあったり、こたつテーブルが置いてあった。その部屋からダイニングキッチンに行くドアが戸襖だから多分絨毯の下は畳なんだと思った。

おそらく、玄関を入るとすぐにダイニングキッチンがあって、手前が居間で奥に青いライトの和室がある2DKタイプの平屋建ての家なのだと思う。

僕が間取りを伝えると優介は、布団が敷いてある和室に2ヶ所、居間に2ヶ所、ダイニングキッチンに1ヶ所、それと予備にもう1ヶ所、設置することにしたらしい。今回のカメラは長時間録画が可能で、性能が今までのと比べものにならないほど良いと説明をしてくれた。あまり知りたくもない情報だった。

僕らは庭に回り、人目につかない場所でゴム手袋をはめて、靴下を二重に履いて、窓に手をかけるとカギはかかっていない。

「誰かいるんじゃないのかなあ」

僕が優介に聞くと、

「とりあえず窓を開けて入ってみよう」

と言って先に入って行った。

僕のドキドキと鳴る心臓の音が優介にも聞こえるんじゃないかと思うほど、緊張した。

家の中は、生まれてから嗅いだことのないような、生臭い変なにおいがした。居間には誰もいなかった。テレビの上の時計と照明の傘にカメラを仕掛けて、台所に行った。冷蔵庫の横の食器棚みたいなところに1つ仕掛けた。そして、あの青いライトの和室の戸襖を開けると、さらに生臭いにおいがきつくなった。エアコンが猛烈に部屋を冷やしていて、その中で、恐らく佐藤杏子の母親とおぼしき女性が冬用の掛け布団にくるまって眠っている。布団の周りには洋服と下着が脱ぎ捨てられている。

そっと作業に入った。鏡台に1つと照明の傘に1つ、あと、例の青いライトにも1つ仕掛けた。これで部屋中が録画できる感じになる。

部屋を出ようと思ってふと枕元に目を向けると、そこにはプラスチックのケースに脱脂綿と消毒液と細い注射器があった。インフルエンザの時の注射みたいなやつだ。僕らは見てはいけない物を見てしまったようで怖くなり、さっさと退散した。

「優介、本当に良かったのかな？　僕たちこんなことして」

「大丈夫だよ。佐藤の母さん、糖尿病とかなんじゃないの？　注射器はビビッたな」

ちょっと笑いながら、でも優介も不安な顔をしていた。昨日、佐藤杏子がチンピラ風な人とホスト風な男たちに追われていたのは、あの注射器の中身の問題なのかな？　と想像したら、本当に怖くなってきた。

「早く帰ろう」

二人ほぼ同時に口に出た。

それから数日経って学校が始まった。学校推薦で大学が決まった先輩たちは完全に遊びモードに入っていて、受験組の先輩たちは顔色が悪くなってきている。来年の夏の終わりには、自分も顔色が悪くて死んじゃいそうなんだろうな、そう思いながら、登校する生徒を窓から見下ろしていると、優介が始業のチャイムと同時に学校に入ってきた。

あいつは、まったく緊張感とか不安感とかを持ち合わせて生まれてこなかったと思う。いつもあの調子なんだ。あれでバカだったら、ただの出来損ないの不良になるのだろうけど、学年1番で都内でも1番か2番の秀才で、その上イケメンだもんな。天は二物を与えたよ、この男に。優介の性格が物凄く悪かったら良かったのに、こいつめちゃくちゃ面倒見が良くて、他人に気を遣わせないんだよね。

本当にいい男なんだ。僕が女なら完全に惚れてると思うよ。相手がこいつなら何をされても許すんだろうな、女の子は。羨ましいよ。

先生もすっかり手懐けてるから、何やってもへっちゃらだよ。

でも、もしも、他人の家に不法侵入して盗撮してましたなんて世間に知られたら、流石の優介もダメになっちゃうんだろうな。

「おい、鈴木、お前大丈夫か？　最近勉強しすぎて頭の中が別の世界に行っちゃってんじゃないか？」

担任の米山道夫は常にチャライ。これで2児の父だからびっくりだよ。

「はい、大丈夫です。ちょっと物理の世界に迷い込んでしまいましたが、帰ってまいりました」

「おお、お帰りなさい。じゃあ、ホームルームを始めるぞ」

先生は修学旅行の話をしていたと思うけど、僕はあの町田での事件と、佐藤杏子の家に不法侵入した事件のことで最近寝不足で、ほとんど眠ってしまった。気がついた時には優介と僕は同じ班になっていて、二人は写真・映像部だからクラスの人たちの写真を撮る係に決まっていた。

「写真なんて、どうせ地元の写真館のプロのおじさんが同行して勝手に撮るんだから、なんで僕がそんなことしないといけないんだよ」

と寝ていたくせに僕が文句を言うと、学級委員で次期生徒会長の優介が、

「え〜、もう意見を言う時間はとっくに過ぎてますから、寝てた人は意見を言う資格はありませ〜ん」

と優等生ぶって僕の方を見たと思ったら、ウインクをした。何なんだ優介の奴、気持ち悪いな。

どうせまた良からぬことを企んでいるんだ。皆は騙されているのになあ、この男に……。

知らぬが仏とはこのことだ。

「では、みんな、自分の班と係、忘れないで、楽しい修学旅行にしましょう」

先生は、優介に1時間授業をやらせて、自分は締めの言葉を言うだけで、よしよしという顔で教室を出て行った。

「優介、何したいのよ?」

と僕が聞くと、

「お前、修学旅行だよ、サイパンだよ、僕らのためにあるようなものじゃないか。最高だよ、修学旅行」

優介は上機嫌で、僕の背中を軽く叩くと耳元で、

「今日の放課後にカメラ回収に行くぞ」

と別人のような声で言ってきた。それを聞いたら一気に眠気が覚めた。

まるで、ぼんくらな僕は、もうあんなカメラ放っておくのかと思ってた。

そういえば、佐藤杏子はあの後どうしたんだろう。結構、自分が薄情なやつなんだと、佐藤杏子のお蔭で気がついた。どっかで、もう拘わらない方がいいぞという自分がいて、そんなところは父さん的で、だから、いつも自分に言い訳しながら時間が過ぎるのを待っている。

今回も、結局何も連絡先が分からないから、あのままになってしまった。

というか、あのままにしておいた。

でも、気になるから、昼休みに8組を覗いてみたけど、彼女はいなかった。

バスケ部の女子に聞いてみたけど、夏練も合宿も彼女は参加しなかったらしい。ますます放課後が不安になってきた。

そんなことを考えているうちに、あっと言う間に放課後になってしまった。

優介は、さっさと行くぞ、とばかりに僕の鞄を持って教室を出た。


下駄箱のところで担任の米山道夫に呼び止められた。

「おい、鈴木は確か新百合ヶ丘だったよな、8組の佐藤杏子って知ってるか?」

「あっ、はい、知ってるっていう程度ですけど、なんすか?」

「あの子さ、全然連絡が取れなくて、家に電話しても誰も出ないらしいんだよ。彼女の担任の先生も心配しててさ……ほら、お前たちの顧問の川田先生だよ。知ってるだろ」

「知ってますよ、川田先生のことは。だから、なんすか？」

「なんすかって、お前。俺、先生なんだからさ、なんすか？　はないだろう。まっいいか。あのさ、ちょっと家に寄って様子を見て来てくんないかな？　手紙出しても連絡ないしさ。先生、困っちゃって。悪いんだけど、いいかな？」

「ええ、それって先生の仕事じゃないの、やったら成績上げてくれるの……」

「そんなもの、するわけないだろう、まったくお前は……」

米山道夫はそう言うと、なぜだかスキンシップを取りに近づいて来て、僕の肩に腕を回しながら優介を見た。

「先生、僕が正義君と一緒に見に行ってきますよ。安心して下さい」

優等生の優介君らしい回答だ。

「おお、悪いな、お前が一緒に行ってくれたら、本当に安心だわ」

「じゃあ、ピンポンして来るだけですよ」

僕が面倒くさそうに言うと、先生はニコニコ笑いながら手を振った。

「まあ、どうせ行こうと思ってたところだからね。笑えるね、この偶然」

優介は、本当にウキウキ気分らしい。成城学園前駅から急行電車に乗って3駅目が新百合ヶ丘。でも結構この間は時間がかかるから、いろいろなことが脳裏に浮かんでくる。どうして、誰も連絡がつかないんだろう。もしかして、あの男たちに殺されてたらどうしよう。

本気で心配になってきて、酸欠状態になってきた。

「おい、お前なんか顔色悪くなってきたけど、ゲロ吐くなよ」

「大丈夫だよ。何かさ、佐藤の家で誰か死んでたらと想像したら、気持ち悪くなってきただけ」

僕が正直に言うと、バカにしたような顔で、

「しっかし、お前はテレビドラマの見すぎだよ。そんなこと、普通にあるわけがないでしょう」

「そうだよね」

僕はそう言うと、心の中でも、そうだそうだと言い聞かせていた。

新百合ヶ丘の駅から40分近く歩いて、あの家に辿り着いた。

この前来た時から数日しか経っていないのに、なんだか雰囲気が違うように思えた。

「じゃあ、とりあえず普通にピンポンしてみよう」

僕が言うと、珍しく優介も無言で後ろについてきた。ドアチャイムを2回押してみた。

誰も出てこないから、ノックをして「すみません」と言いながらドアノブを回してみたら、

開いてしまった。

玄関ドアを開けて、

「すみませ〜ん、誰かいますか？」

と大きな声で聞いてみると、ダイニングキッチンの横の居間らしき部屋の戸襖が開いた。

この前よりさらに臭いは強くなっている。部屋からパンツ一枚姿の入れ墨おじさんが出てきた。

「何だ、お前ら」

と少し嗄れた声で聞かれた。めちゃくちゃ怖い。勇気を出して言った。

「あの、僕たちは佐藤杏子さんの担任の先生と部活の顧問の先生に頼まれて訪ねてきたんですが、杏子さんか杏子さんのお母さんはいらっしゃいますか？」

「杏子の同級生か。あいつは、今いないなあ。順子も今はいないぞ。何か言っとくか」

案外、優しそうな感じじゃないかと少し思ってしまうほど、怖いくせに感じは良かった。

「はい、先生がお手紙を出したらしいんですが、ご連絡を学校に入れてほしいらしいです。じゃあ、お願いします」

そう言って振り返ろうとしたら、青いライトの和室から何かうめき声のような物音が聞こえ

てきた。入れ墨男は、何か聞かれたくないのかさっきよりさらに大きな声で、

「おう、分かった。もう、いいか」

と言って、シッシと手を振ると部屋に戻ってしまった。

「はい、失礼いたします」

僕と優介は同時に挨拶をして玄関ドアを閉めた。

「臭かったな」

優介は怖いというより、においが先らしい。

「怖かった」

僕は、本当に怖かった。

「何なんだ、あのおっさん。やくざだよね」

僕が優介に言うと、

「とりあえず、庭の窓から覗いてみようよ」

と、バカじゃないかと思える返事が返ってきた。

「はあ？　誰が覗くんだよ」

僕は少し強い口調になってしまった。

「二人で行くんだよ」

優介は、僕がいないとダメらしい。僕も優介がいないとダメなんだけど、ダメな理由がかなり違う。

僕たちは、何の意味があるか知らないけど、優介が準備をして持ってきたゴム手袋をして、靴下を2枚履いて、庭に面している居間の窓を1センチほど開けて、身を縮めて中を覗き見た。

誰もそこにはいなかった。僕は、隣の和室の方から中を見てみることにした。

1センチほど開けた窓の向こうに、布団の上で両手を縛られて猿ぐつわをされた佐藤杏子がいた。髪の毛がかかっていて顔が見えなかった。あの男は、佐藤杏子のお母さんとセックスをしていた。

僕が合図をすると優介は、居間とダイニングキッチンのカメラを回収しに家に入っていった。

僕は、優介の心配など一ミリもしなかった。

ただ、佐藤杏子のお母さんとあの男の最悪な声が耳についていて、また、吐き気がしてきた。

佐藤杏子は何をされたんだ？　あの野蛮な男に何かされたのか？

僕が身動きも取れずにいると、僕の足をそっと優介が引っ張った。

僕の代わりに今度は優介が一瞬だけ覗いて、そっと窓を閉めた。

僕らは無言で駅の方に歩いた。

「佐藤杏子の裸を見ちゃったな」

「えっ、裸だった？」

僕は気がつかなかった。

「正義、大丈夫か？　裸だったぞ、佐藤杏子は全裸だった。きっとあの男に何かされたんだ」

「いや、制服を着てたじゃないか。裸だったのは、あいつの母さんとあの男だよ」

僕は泣いていた。

「ごめん、あの男とあいつの母さんがセックスしてたから、俺も頭が変になってると思う」

優介の声も震えていた。

僕らは一度家に帰って、回収したカメラの映像と音声を確認することにした。

そして、僕らは走っていた。

きっと僕は泣きながら走っていたと思う。

家に着くと玄関に鍵がかかっていて、母さんがいないことがさらに僕を落ち込ませた。

「庭のデッキから家に入れるから、大丈夫だよ」

僕は優介にそう言うと、自分だけ家に先に入り、玄関を開けて優介と部屋でパソコンを立ち上げた。

「何か、飲むものあるかな？」

優介にそう聞かれて、

「ああ、そうだよね。悪い、気が回らなくて」

僕は動揺していた。台所に行き、氷を入れたグラスにサイダーを入れて部屋に戻ろうとしたら、優介が階段の一番上で腰かけて僕を待っていた。

「どうしたの？　大丈夫」

優介は、先に映像ファイルを開いたらしく、

「一人じゃ怖くて、もう見られない」

と、つぶやくような小さな声で言うとゆっくりと腰を上げた。

こんな優介を初めて見た。

僕らは部屋に戻り、パソコンの前に行くと、画面には佐藤杏子の家の居間にあの男と数人の男がいた。

一人はテレビを見ながら何か食べていた。

もう一人は、覚醒剤らしきものを注射している。

「次、俺が行くから……」

注射している男がもう一人の男にそう言うと、映像から見えなくなったと思ったら女の悲鳴が聞こえた。

今までの人生で聞いたことのない、絶望的な悲鳴だった。

殴っているような鈍い音も聞こえる。きっと手か何かで女の口を塞いだのか、さっきより悲鳴が小さく聞こえるかと思ったら静かになって、今度は佐藤杏子のお母さんが居間に入って来て、ラーメンを食べ始めた。

「さっきの悲鳴は、佐藤杏子の悲鳴なんじゃないのか?」

優介は、小さな声でそう言うと僕の目の奥をじっと見てきた。

「ねえ、助けに行こうよ。カメラを仕込みに行った時みたいに、あの男と杏子のお母さんが注射打って、セックスに夢中になっている間に、助け出そうよ。そして、僕らのカメラも回収して病院に彼女を連れて行って、そして、警察に行こう」

僕がそう言うと優介は、

「分かったから、もう泣かなくていいから。行こうな。とりあえず、もう少し暗くなったら行こう」

と言って僕の肩を叩いた。

僕はベッドにうつ伏せになり、黙って時間が経つのを待った。

母さんが帰って来たみたいだ。

「正義、お友だちも来てるの？　入るわよ」

母さんは、幸せそうな笑顔で優介のことを見ると、

「こんにちは。最近、正義のお父さんは優介君の話ばかりしているのよ。正義がやきもちを焼くほどよ、うふふ……牛丼作るけど食べていくでしょ……後で持って来るわね。お邪魔様」

母さんは、まったく空気を読まずに、いつものように明るく一人で話をすると部屋を出て行った。

「あっ、ありがとうございます」

優介も今日はいつものようにはいかないようだ。

でも、今日ほど僕の母さんが、この人で良かったと思うことはないだろう。

母さんは、この世の中で、この町で、同じ時間にあんなことが起こっているなんて、想像もできないだろう。

僕だって、世界のどこかで、今、この時に戦争や内乱が起こっているなんて想像もつかない。

僕は、幸せだった。

下から牛丼のにおいがしてきた。

「どうする？　食べてから行く？　もうすぐ8時だけど」

僕が言うと優介が、

「そろそろ行くか。正義の母さんに悪いかな？　でも俺今、食欲なくて」

「僕も食欲ないから、行こうか」

僕はそう言うと、部屋に隠しておいたお金を制服の内ポケットに入れて部屋を出た。

「母さん、ちょっとだけ出てくる。帰って来て食べるから、二人分とっといてね」

僕は、母さんにできるだけ明るく爽やかに言って家を出た。

僕らは、証拠品を回収することと佐藤杏子を奪還することを固く心に誓って、自転車に乗って彼女の家に向かって大急ぎでペダルをこいだ。

佐藤杏子の家に着いた。

確か、彼女のお母さんは夜、ホステスの仕事をしていて、いつも彼女が一人で留守番をしているはずだから、今度はチャイムを鳴らさず、はじめから窓の方に行った。すると、居間の明かりとテレビがついていた。隣の和室には、彼女の姿はもうなかった。さっきと家の中の雰囲気が全然違っていて、僕らは悪い夢でも見ていたのかと思った。

玄関に戻ってチャイムを押すと、彼女のお母さんが出てきた。

「あら、こんばんは。杏子の学校の男の子かな？」

僕の母さんと比べるとかなり若い。お姉さんみたいな感じだ。

「は、はい。すみません、夜分にお伺いして。学校の先生が手紙を書いたり電話をしたりしても連絡が取れないので、心配しておりました。学校に連絡をして下さい」

優介が淡々と伝えると佐藤杏子のお母さんは、さっきとは全く別人の顔で、優しそうな声で答えた。

「あらあら、私ったら仕事が忙しくて、本当にダメな母親ね。これだからシングルマザーの家庭はダメなんだって言われちゃうのよね。明日、学校に電話をします。先生に伝えてもらえますか？」

「はい、分かりました。あの、杏子さんはご在宅ですか」

僕は怒りで煮えくりかえっていたが、頑張って普通に聞いてみた。

「ごめんなさいね、杏子は今お遣いに行ってるのよ。明日は学校に行くよう伝えるわね。ありがとう」

そう言うと、ドアを閉めてしまった。

完全に拍子抜けだ。

「俺たち、何なんだ」

僕が怒りに任せてペダルを踏みながら優介に聞いた。

「とりあえず、帰ろう」

優介はため息交じりにそう言うと、しばらく黙っていたけど、またいつものように、

「結局、俺らはまだまだ子供で、誰のことも助けるなんてできないし、大人たちの世界に立ち入ることなんてしてはいけないんだよ。だから正義、これでいいんだよ」

と言った。

僕は本当に納得が行かなかった。

「大体、今だって彼女はどこにいるんだよ。きっと別の場所でまた酷いことをされているんだ

よ」

もう僕は自分が情けなくて、情けなくて、出てくる涙を拭う気力もなくなっていた。

「正義、和室のカメラを回収に行かないといけないから、また来ような」

優介はお兄さんみたいに僕を諭した。

「うん」

としか僕は言えなかった。

僕らは、家に帰ると父さんと母さんが作った幸せな空気の中で大盛りの牛丼を食べて、母さんのテレビで見た面白話を聞くふりをしながら、今日は早く寝ようと思った。

事件

次の日は、優介も僕の家から学校に行った。二人で、新百合ヶ丘駅で佐藤杏子がいないかキョロキョロしながら歩いてみたけど、やっぱりいない。

学校に着いて、ぼうっとしていると昼休みになってしまった。

優介と学食を食べに地下へ行こうと階段を下りていると、二人の前に佐藤杏子がいた。一人で水を飲んでいた。彼女は眼帯をして腕と足に包帯を巻いていた。顔が痣だらけでいかにも殴られた感じだ。

僕は彼女の腕をつかむと、廊下のはじのあたりに連れて行った。

「どうしたんだよ、この傷。ボロボロじゃないか」

「うん、こんなんなっちゃったよ」

そう言うと少し笑った。

「この前の、あの夜の男たちにやられたんじゃないの？」

僕が単刀直入に聞くと、何事もなかったかのように普通な顔で、

「そんなことあるわけないじゃん。映画の見すぎだよ」

と言って、腕を振り払って走って行ってしまった。

「正義、俺らの勘違いかもしれない。案外、あの状況をあいつも楽しんでたりして。エロエロだな、やっぱり」

優介は笑っていた。

僕は物凄く頭にきて、優介のことを突き飛ばした。本当は殴りたいほど頭にきていたけど、そこはグッと堪えた。

一人でさっさと学食に行って、一人でうどんを食べた。その後は誰とも口を利かずにいた。


放課後部室にいると優介が入ってきて、何も言わずに僕の隣に座って、しばらくは、僕が撮りためていた風景写真を整理しているのを見ていたが、静かな口調で、

「正義、昼間はごめんな。俺さ、お前がどんどん、あいつにのめり込んで行くの分かるってい

うか、でも、それは、お前の正義感からであって、決して恋愛とかじゃないって思ってるんだ。大体、お前とあいつの生きていく世界が違うっていうのかな……たとえるなら、あいつのお母さんと、正義のお母さんの違いっていうか」

「分かるよ。優介に言われなくても。大体、僕、佐藤杏子のことなんて好きじゃないし」

僕はそう言いながら、でも、本当は好きなのかもしれないとも思った。きっと優介もそう思ったに違いない。

「帰り、どうする？　そのまま家に帰る？　下北沢で何か食べない？」

優介は僕に気を遣っているのかなあ、と思った。

「そうだね、最近、下北沢に行ってないね」

「広島焼きでも食べて元気出そうかあ、正義君」

いつもの優介に戻った。ということは、いつもの僕に戻ったということか。

広島焼きを食べながら、冷静に分析をすることにした。やはり、あの佐藤杏子の傷は尋常ではないから、僕たちの読み通りだということ。佐藤杏子を説得して、警察に連れて行くこと。

そして、何よりも最優先で、あの和室からカメラを回収すること。

それが、僕らがやらなければならないことだ。そうとなれば、直ちにカメラを回収しに行こうということになり、あの家に向かった。

一度、優介の家に寄って必要な道具をリュックサックに入れて出発した。優介が何をリュックサックに用意したかは分からないけど、多分完璧な準備なんだろう、こいつのことだから。

新百合ヶ丘駅から僕の自転車に二人乗りで佐藤杏子の家に向かった。時間は、午後8時を過ぎていた。恐らく彼女のお母さんは仕事に出かけていて、彼女一人か、例の入れ墨男がいるか、いずれにしても何か作戦を立てなければと思っていたら優介が、

「まず、現地に到着したら二人で庭から窓に行って、また、そっと窓を開けて家の中の様子を見てみよう。佐藤一人なら玄関に回ればいいし、入れ墨男がいる場合は、正義が玄関であの男と佐藤の二人を引きつけている間に、俺がカメラを回収する。これでいいよな」

「うん。なんかさ、今日の昼間は最悪な気分で。でも、今は何でもないことだったたって思える。優介ってやっぱり凄いや」

僕は、本当に軽い気持ちになっていた。

そうこうしている間に僕らは、佐藤杏子の家に辿り着いた。

例によりゴム手袋をはめて、靴下を2枚履く。庭の和室側に優介が、居間側に僕が行き、そっと窓を開けて中の様子を窺った。

居間には誰もいなかった。居間からダイニングキッチンが見えたけど、誰もいない様子で真っ暗だった。僕は優介に誰もいないと合図を送ろうと顔を上げると、優介がリュックサックからカメラを取り出している。僕に気が付いたのか、あっちに行けと手で合図をしている。何でカメラなんか回しているんだろうと思い、僕は和室側の窓に行った。優介は小声で、

「何で来るんだよ」

と言った。その理由はすぐに分かった。佐藤杏子はまた手を結わえられていて、猿ぐつわもされている。鼻血が出ていて、裸の彼女の体は鼻血が付いているのか血だらけだった。彼女は、もうぐったりしていた。

それなのに、あの入れ墨男が、彼女の股をこじ開けるように太ももに両手を掛けている。彼女は必死で、女の子として最後の力を振り絞って抵抗しているのが分かった。

僕らが見てしまったあの痣は、こうしてつけられていたんだ。彼女は喜んでこんなことをしているのではなくて、必死で抵抗して、抵抗して、一人でバカな大人たちと戦っていたんだ。今だって、あの入れ墨男の餌食にならないように最後の抵抗をしているんだ。

僕は、もう、自分がどうにもならなくなってしまい、思わず窓を全開にした。

「何だあ、お前は」

男は心なしかフラフラしている。

「うあー！」

僕は渾身の力を振り絞って、入れ墨男に体当たりをした。

「正義！　正義！」

優介は何度も何度も、僕の名前を繰り返し叫んでいた。

男は、僕に突き飛ばされて戸襖の向こう側にぶっ飛んだ。

僕はこの隙に佐藤杏子を助けようと思い、彼女の猿ぐつわを取った。

「もう大丈夫だから、助けに来たから」

僕がそう言うと、

「どうして来ちゃったの、どうして」

彼女は泣き出した。

優介と僕は、男が来る前にとロープを解こうとしていると、あの男が包丁を持って戻ってきた。

「解けないじゃないかあ！」

僕は大きな声でそう言うと、振り向いて男の太もも目がけてタックルをするように飛び掛かった。

男は猛烈な勢いで頭を壁にぶつけて、持っていた包丁を落とした。

「このクソガキ！　殺してやる！」

そう言うと凄い形相で僕を見て、僕の顔を殴った。

人生で初めて拳で本気で殴られた。本当に痛かったけど、頭の中で何かが物凄い音を立てて壊れた感じがした。

僕は立ち上がり、

「うあああ！　殺してやる！」

そう叫ぶと、入れ墨男が落とした包丁を持って男に体当たりした。

包丁は、男の脇腹に刺さった。

男は、ゴキブリが殺虫剤を噴射された時みたいに、バタバタともがいていた。

僕らは彼女のロープを解こうとしたけど、手が震えて解けない。

すると、男はまた立ち上がり、包丁が刺さったままなのに、こちらに向かってきた。映画やゲームで見るゾンビのようだ。

このままでは3人ともこの入れ墨男に殺される。

僕は、自分でも何て言っているか分からないような叫び声を上げて、男の脇腹から包丁を引き抜いた。

猛烈な返り血を浴びた。シャワーのように頭から入れ墨男の汚い血を浴びてしまった。

僕はすぐさま、今度は胸を目がけて刺した。

男はバタンとアニメのように倒れた。でも、まだ起き上がろうとしていて、

「ガキが、大人をなめるなよ！　殺してやる！」

と言って、こちらに向かってこようとしている。

僕はすっかり腰が抜けてしまって、動けなくなった。もう一ミリも動けない。

この怪獣みたいな大人に殺されて、僕の人生は終わるのかと思うと情けなくなった。

母さんの顔が浮かんだ。

「母さん……」

思わず口に出てしまった。

すると僕の横から佐藤杏子が、鼻血を流しながら真っ赤な顔をして、男に向かって行った。

どこにそんな力があったのかと思うように、体当たりして男を倒すと、何度も何度も包丁で男を刺していた。

まるで映画のようだった。めった刺しとはこのことだと思った。

どすん、どすん、と鈍い音が何度も聞こえた。


僕らはしばらく放心状態だった。誰も、何も話すことはなかった。

優介が、おもむろにカメラを回収し始めた。そして、リュックサックにしまうと、タオルを出して、泣きながら僕の顔を拭いた。

「俺がお前を守ってやるからな。正義は悪くない。ごめんな、俺がこんなもの仕掛けたいとか言わなければ、今頃、お前は塾で受験勉強していて、優しいお母さんの傍で笑っていて……」

優介は、何度も何度も僕に謝った。

僕も少し現実に戻ってきた。とにかく、あの入れ墨男の血が自分の体にかかったのが嫌だった。家に帰って風呂に入りたかった。

「家に帰りたいよ。優介、僕はもう家に帰りたい」

涙が出てきた。

どんどん涙は出てきた。優介は、携帯電話でタクシーを呼ぼうとしている。

「佐藤、ここの住所を教えろよ」

そう聞くと、小さな声で彼女は住所を教えた。

「正義、俺が一緒に警察に行くから。お前は俺が守るから、大丈夫だから」

またそう言うと、今度は物凄く冷たい口調で、

「佐藤、お前も行くんだから何か着ろよ」

と言った。


僕らは、5分ほどで来たタクシーに乗り、麻生警察署に行った。

血だらけの僕らを見ると警察署の中は騒然とした。

「鈴木正義と言います。今、人を刺してきました」

「なんだあ、お前ら！」

警察官はさっきの入れ墨男のような口調で僕に怒鳴った。僕は泣きながら、警察官たちに訴えるように、

「助けて下さい。僕らを助けて下さい」

と何度も言った。

するとと警察官は、ちょっと違うかもしれない、という顔になり、奥から女性警察官を呼び出

してきた。

「君たち、大丈夫？　彼女はかなり酷い怪我だね。君は、どこか怪我はしていないかな？」

と、女性警察官は優しい口調で聞いてきた。

「彼女が、入れ墨男に乱暴をされて、何度も何度も乱暴をされて、早く彼女を病院に連れて行ってあげて下さい」

僕がそう言うと、さっきの警察官が、

「おい、刺してきたってどこで誰を刺したんだ」

と聞いてきた。

「すみません。動揺してしまって」

優介がいつもの優等生に戻って佐藤杏子の家の住所を伝えて、彼女が乱暴をされたこと、僕が入れ墨男に殴られたこと、入れ墨男が包丁を持ち出してきて僕らを殺そうとしたこと、僕が男を刺したこと、佐藤杏子が男を刺したことを話した。

警察官たちは騒然とした。目の前の子供たちの壮絶な姿と淡々と話す内容に、自分たちの管内で何が起きてしまったのか、もう一度冷静になりたかったようだ。

僕らはそのまま「会議室」と書かれた部屋に連れて行かれた。

「大丈夫か？　君、自分の住所と電話番号は言えるか？」

どこか遠くから聞かれているかのように、小さな声にしか聞こえない。優介が僕の代わりに僕の名前と住所と電話番号、両親の名前を伝えた。

僕は本当に無になってしまった。完全に脳細胞がボイコットしている。僕は、恐らくいろいろな質問をされたのだろうと思うけど、全く何も覚えていない。本当に無になってしまった。どれくらいその状態でいたかは分からないけど、気がつくと若い警察官に風呂のようなところに連れて行かれ、シャワーを浴びた。あの男の汚い血を一生懸命洗い流した。頭も何回も洗った。僕はシャワーを浴びながらずっと泣いていた。風呂場を出たら綺麗にたたまれた服が置いてあった。

僕は、警察官が用意してくれた何の香りもしないそのスエットジャージを着た。いつもの柔軟剤の香りがしない服がこんなにも着心地が悪いものだと初めて気づいた。

その後、警察官に誘導されて、個室の取調室に入った。

「友だちはどうしましたか？」

僕が聞くと警察官は、初めて僕がまともに口を利いたので驚いていた。

「隣の取調室でもう事情聴取を受けているよ」

「彼は何もしていないんです」

　僕がそう言うと、

「分かっているよ。恐らく、彼は今夜中に家に帰れる。君は、しばらく帰れないことになると思うよ。でも、大丈夫だから。少し君の話を聞かせてくれるかな」

　と言われた。

　僕は疲れてしまって、あまり頭が働かなかった。

「すみません。なんだか脳みそが上手く動いてくれなくて、ちゃんとできるかどうか不安ですが、質問して下さい。とりあえずそれに答えます」

　僕はこう言うのが精一杯だった。

　警察官は、僕の名前と住所と学校名と両親の名前を聞いた。

　兄弟がいるかとか、学校では部活をしているのかとか、受験勉強をしているかとか、本当に僕のことばかり聞いて、いっこうに今日の出来事に移らない。1時間くらい僕自身のことを根ほり葉ほり聞いてきた。

　そうすると、自分が到着する前に取り調べを始めたと、怒りながら廊下を歩いてくる男の人の大声が聞こえてきた。と思ったら、僕のいる小部屋のドアが、ノックと同時くらいに開いた。40歳くらいのくたびれたスーツを着た男の人は、どうやら彼らの上司のようだった。僕の隣に来て、廊下の声の人とは別人ではないかと思うくらい優しい眼差しと口調で自己紹介をした。

「こんばんは。私は、神奈川県警捜査一課課長代理の渡辺和夫と言います。君は未成年者だから、大人の受ける刑罰とは多少違うけど、犯した罪は罪だからね、正直に全部話をして下さい。でも、裁判で自分に不利になると思うことは黙秘権というのを使うことができる。知っているかな」

一気に話してきたけど、ほとんど何を言っているのか分からないくらい、僕の脳みそは麻痺していた。

「はい、多分分かると思います。ごめんなさい」

そう言うと勝手に涙が出てきた。

渡辺さんは少し僕が落ち着くのを待ってくれた。その後で佐藤杏子とはどんな関係なのか、優介との関係も聞かれた。

初めて佐藤杏子の家に行った理由とか、町田で佐藤杏子がチンピラに追いかけられていたこと、この前、彼女の家の窓から見たこと、包帯だらけで彼女が久しぶりに登校したこと、今日の出来事を話した。ただ、カメラを隠して盗撮をしていたことは話さなかった。優介が何かの罪になったら困ると思った。

そんなことをしているうちに深夜0時を過ぎたらしく、

「もう、続きは明日にしよう。今夜から君にはしばらく泊まってもらうことになるから」

そう言うと、渡辺さんは部屋を出て行った。

僕はぼうっとしながら、部屋にいる警察官に、

「優介は……僕の友人はどうしましたか」

と聞いた。

「君の友人は、今夜はいったん帰宅して、明朝来てもらうことになっていると思うよ」

そう言って、僕を留置所に連れて行った。

小さい時、母さんが、

「嘘をつくと牢屋に入ることになるんだからね」

と、僕が悪いことをして嘘をつくとそう言っていたことを思い出した。

僕は、人殺しになってしまった。

朝起きた時は、まさかこんなところで眠るなんて、想像もしていなかった。

エアコンで快適な室温に設定されている部屋で、敷布団と掛布団と枕をもらい、驚くことに、僕はぐっすり眠った。

朝になり、6時頃に僕は警察官に起こされた。歯磨きセットやフェイスタオルなどを借りた。写真・映像部の合宿で泊まった旅館に揃えられていた洗顔セットに似ていた。歯茎から血が出て、口の中に血の味が広がって、ふと、昨日の出来事と今の現実が押し寄せてきた。

朝食は、納豆、海苔、アジの開き、たくあん、ネギの味噌汁と白米。めちゃくちゃオーソドックスな日本の朝食だった。

「旅館みたいですね。僕は人殺しなのに、こんな朝食を食べていいんでしょうか」

と、思わず付き添いの警察官につぶやいてしまった。

「そんなことを言った人は君だけだよ」

と言って、警察官は優しく微笑んだ。凄く穏やかな微笑みだった。

僕は朝食を済ませると、昨日と同じ取調室で事情聴取というものの続きをするらしい。

渡辺さんが凄い勢いでドアを開けて入って来た。その後で30歳くらいのキツネ目の高価そうなスーツを着た男の人が入って来た。

渡辺さんは、頭が痛くなりそうな大きな声で話し始めた。

「おはよう、よく眠れたみたいだね。良かった。少しは落ち着いたかな。普通はあんなことが起きた後は眠れないいんだけど君は凄いね、熟睡できたみたいで」

「……はい、不思議ですがよく寝れましたあ……」

僕が蚊の鳴くような声で言うと、今度はもう一人のキツネ目の男が話し始めた。どうやらこの人が、本当の僕の担当の刑事さんなのかもしれない。

「君は自分のことを人殺しと言ったらしいね」

キツネ目刑事さんは、名前を僕に言う必要なんてないということらしい。

「はい、だって僕は包丁であの入れ墨男を刺してしまった」

「じゃあ、昨日、佐藤さんの家に行ったところから、もう一度話を始めようか」

「僕と優介が庭側の窓から家の中を覗くと、入れ墨男が佐藤杏子の腕を縛って乱暴をしていて、僕は止めようと思って、思いっきり体当たりをしました。その後、縛ってあるロープを解こうと頑張ったんだけど上手くできなくて、そしたら、あの男、包丁を持って戻ってきて、『殺してやる』って叫んだから、体育の授業で習ったレスリングとかラグビーとかのように、太もも目がけてタックルしたら、今度は凄く飛んでいって、あの男、壁に凄く頭をぶつけて倒れたんだ。今度こそロープを解いて逃げようと思ったら、あの男が僕のことを殴ってきて、僕が倒れたら、あの男、また襲ってこようとしていて、僕は倒れたところに包丁があって、思わずその包丁を持って男に体当たりしたら、包丁が刺さった。僕は血だらけになった。僕は人殺しです」

僕は一気に全部話をした。僕が覚えている全てだと思って話をした。

すると渡辺さんは、

「もっと、きちんと、詳しく、話をしてほしいんだって言っているんだよ」

と少し怒りながら言ってきた。

これ以上話せることなんて何もないのに、何を話せって言うんだよ。

「でも、これが全部です。ごめんなさい」

と僕はとりあえず答えた。

「君の記憶が混乱しているのかもしれないけど、君は何回刺したんだ？」

キツネ目刑事さんは冷静に聞いてきた。

「1度です。いや、2度です。多分、僕は心臓を一突きしたんだと思います」

「違うんだよ、金山は、あっ、その入れ墨男は、何ヶ所も刺されているんだよ。もう一度ちゃんと思い出してごらん」

渡辺さんが入れ墨男の名前を僕に伝えてしまったのが、キツネ目刑事さんは気に入らない様子で、渡辺さんの肩に手を置くと部屋の隅の方へそっと押した。

僕は、あの入れ墨男の名前は金山っていうんだ、とふと思ってしまった。あんな奴でも名前はあるんだな。

そんなことを一瞬でも思ったのがいけなかったのか、渡辺さんはなぜか激昂して、

「大人をバカにするのもいい加減にしろ」

と怒鳴っている。僕は至って正直に、記憶にあることを冷静に、しかも謙虚に話をしているのに、この警察官はなんて愚かなんだ。なんだか謙虚にしているのが本当にバカに思えてきた。

渡辺さんは、僕にどうしてほしいのだろうか。僕は罪を認めているのに、これ以上の何を僕にしてほしいのか。そんなことを考えていたら、ガンガンと頭が痛くてたまらなくなってきた。

とうとうキツネ目刑事さんは、渡辺さんを取調室から外へ出してしまった。

「じゃあ、正義君さ、あっ正義君って呼ばせてもらうよ、私は梶ヶ谷警視正です。年齢は比較的若いから、気楽に話をしてくれればいいから」

なんだかさっきまでとは随分違うしゃべり方で話しかけてきた。わざとらしさが満載で気持ち悪い。

でも、大声で怒鳴られるよりはマシだし、仕方がないから、もう一度思い出してみた。僕が黙って思い出そうとしていると、梶ヶ谷さんは机を指でトトトン、トトトンとリズムを取って叩き始めた。

5分くらい経った頃、置き忘れた物の在り処を思い出した時のように、なぜだか急に、しかも鮮明に思い出した。

そうだ、僕は刺した後、腰が抜けて動けなくなって、佐藤杏子が立ち上がった男を刺したんだった。何度も何度も何度も刺して、血がその度にピューピュー噴き上がり、その血が部屋中に広がって、あの入れ墨男の汚い血が僕らに押し寄せて来たんだ。それは地獄で、もう最悪な状況だったんだ。

僕はしばらく、さらに5分くらい黙っていた。何で黙っていたのかよく分からないけど、話し出すタイミングが見つからなかった。

昨夜からずっと僕に付き添っていてくれている警察官が、

「大丈夫だよ、心配いらないから思い出したことをそのまま話してみればいいよ」

と言った。

「すみません。僕はどうかしてたのか、話し忘れていました。あの男は、僕が刺したのにひるまず向かって来たんだと思います。僕は倒れてしまっていたら、彼女が刺さった包丁を抜き取って何度も何度も何度も刺したんです」

そこまで話をすると、僕は昨日の出来事が鮮明に、目の前に大画面テレビでもあるかのように思い出した。

僕は吐き気がして、朝食を全て吐いてしまった。その後のことはあまり覚えていないけど、医務室みたいなところに運ばれた。

どのくらい眠っていたのか分からない。自分的には5分程度だと思っていたけど、全然見当もつかないほど眠ってしまったらしい。

医務室の窓の外から罵声が聞こえた。マスコミが警察に来ているんだ。そうだよな、高校生が殺人を犯したんだ。ワイドショーが好きそうなネタだ。

警察とマスコミ

加藤優介は、深夜1時頃に警察から家に帰り着くと、自室に籠った。

もうクタクタで倒れそうだったが、朝になるまでにどうしてもやりたいことがあった。

靴の中に隠したUSB型のカメラを取り出すと、パソコンであの家で起きたさまざまな出来事を見た。

佐藤杏子は何日間も自由を奪われ、全裸で何度もいろいろな男たちに乱暴をされていた。大人たちは彼女を本当におもちゃのように扱っていた。殴る蹴るの暴力を振るって楽しんでいるサラリーマンもいた。数人で乱暴する中年男もいた。

彼女の母親は、薬で完全におかしくなっていた。自分の娘がそんな酷い目に遭っているのに、何も言わずに男たちとセックスをしまくっている。最悪なバカな母親だ。

優介は、この映像をネットで配信することにした。彼女の顔だけにモザイクをかけて、大人たちの顔はそのままにした。

次に自分たちの事件をもう一度見た。自分で撮影したものと隠しカメラのものをつなぎ合わせた。

「正義！　正義！」と映画のように叫んでいる自分が恥ずかしかった。

正義や自分の名前が出るところ、彼女の顔が映っているところだけを加工して全てをネット配信した。

絶対に正義を守ってやると決めた。あの事件は完全に正当防衛で、正義は何も悪くない。警察がどんなに酷い取り調べを正義にしても、この映像があれば正当防衛は立証できる。マスコミは黙っていないはずだ。未成年者だからなおさらだ。

アドレナリンが出すぎたのか、興奮して眠れない。きっとこのまま朝が来るんだろう。優介は、しばらくネットの行方を見ることにした。

配信して10分。

世界中の人が映像を見始めた。

フィクションなのかノンフィクションなのか、正当防衛なのか過剰防衛なのか、佐藤杏子の母親を殺すべきだとか、様々な書き込みがされていた。今のところは正義に対して好意的な書き込みばかりだから少し安心した。明日の朝どうなっていても知ったことじゃないという気持ちでベッドに入った。

目を閉じて30分ほどしたら、もう目覚まし時計がなった。

警察官がじきに迎えに来ると考え、身支度をした。自室で朝食を済ませてリビングへ下りて行った。両親に事件の説明をする。もちろん隠しカメラの話はしなかったが、それ以外は全て話した。

「恐らく、正義の両親も事件の内容を知りたがっていると思うから、父さんと母さんが話をして下さい。僕は、警察に行ってきます」

母はオロオロとしているだけで、父は息子がどのくらいの罪になるのか、進路に影響が出るのかとか、そんなことを心配していた。優介は「心配いらない」とだけ伝えて、リビングルームのテレビをつけた。早朝から始まるワイドショーが既に事件のことを伝え始めている、想像通り、ネット配信した映像の話題で騒然だ。

思った通りに今のところ世の中は動いている。

コメンテーターの女性が、

「殺してやると叫んでおりますが、これは殺意があったことを証明しておりますよね」と言っている。

余計なことを言う人だ。あの状況で相手を殺してやると思うのは当然のことだ。殺さなかったら俺たちが殺されていた。もっとも殺したのは、正義でなくて佐藤杏子だから、正義が何を叫ぼうと関係ないはずだ。

するとまたコメンテーターが余計なことをべらべらと話している。

「この映像を見る限り、殺すつもりでカメラも準備して正当防衛になるためにこうしてネット配信しているのだから、計画的殺人ですよね」

まったくこのコメンテーターは……。優介は腹を立てた。しかし、痛いところを突いてくる。

ワイドショーを見ていたら携帯電話が鳴った。発信者はクラウドネットの社長、山崎だった。

「優介君、ネット見たよ。大丈夫なのか？」

「おはようございます。ありがとうございます。恐らく大丈夫だと思いますが、今のところ分かりません」

「君が盗撮してたんだよね、この家を……この女の子は、例の痣の子かな？」

「はい、そうです。そもそも、自分が言い出して正義を巻き込んでしまいました。これから警察に行って自分も事情聴取を受けます。どこまで話していいか、思案しているところです」

「事件に関係するところだけで、その、以前の件は触れないようにすればいいんじゃないかな?」

「ありがとうございます」

両親より的確なアドバイスをしてくれた。

自分には山崎がついていてくれると思うと、優介は少し力が出てきた。

「山崎さんから電話を頂いて、本当に嬉しいです。力が出てきました。警察に行ってまいります」

「君の良いところは、冷静なところと状況判断が的確なところだから、僕は心配していないけど、君の弱点であり強みでもある部分は、高校2年生というところだから、その点も忘れてはいけないよ。気をつけて行ってきなさい。大丈夫だ、私は私のやり方で君たちを守ろうと思うから」

そう言うと山崎は電話を切った。

しばらくして、警察官が優介を迎えに来た。家の外には新聞記者やら週刊誌の記者、カメラマン、テレビカメラがあった。まるで犯人のような扱いだ。

今頃、学校の先生たちも大変なことになってんだろうな。ふとそんなことを思いながら警察の車に乗った。

「正義は、大丈夫ですか？」

「君は自分の心配をした方がいいと思うよ。ネット配信したのは君だよね。あれは罪が重いよ」

隣に座っていた警察官が少し怒った口調でそう言った。

注目の事件だ。自分たちの捜査方法によっては、さらにマスコミにあれこれ言われるし、監視されながらの仕事は嫌だよね、警察官も。でも、そんなの俺には全く関係なくて、ただ正義を守らないといけないということだけが、大切なことなんだ――。

取調室に入りしばらくすると、優介の年上のいとこと同じ年齢くらいの刑事が、丁寧に挨拶をしてきた。

「私は、神奈川県警の梶ヶ谷と申します。これから私が、君の取り調べをします。君が話したことは少年審判や裁判に採用され、君に不利になることもあります。その点を十分理解して話をして下さい。黙秘権と言って、聞かれたことに答えないということもできます」

梶ヶ谷が取り調べをしているところを、県警の渡辺警部が横で見ていた。

まるで俺が主犯格と言わんばかりの態勢で取り掛かるってことか、かかってこいよって感じだな。優介は、心の中でうそぶく。

「君がインターネットにいろいろと事件のことを配信したのですか?」

梶ヶ谷はあくまでも紳士的に対応しようとしている。

「僕と正義君は、写真・映像部の仲間でいつもカメラを持ち歩いているんです。中学生の頃からなので、常に撮影はできる状態にしています。僕は、真実を忘れないために撮影をしました。きっとあの映像は捜査の役に立つと思います」

優介は、高校生らしい感じで答えた。

「そうですか。でも残念ながら、君の流した映像はもうネットから排除させてもらいました。殺人事件の捜査資料ですからね、ごめんね」

渡辺警部を見ると口元が緩んだように見えた。この人は、本気で捜査をするつもりでいるのか、俺をいじめて楽しみたいのか、まあ、両方だろうな、と優介が思っていると、梶ヶ谷がいろいろ質問をしていたらしい。

「すみません、もう一度質問を繰り返して頂けますか。頭が混乱していて理解力がなくなっています。怒らないで下さい」

優介の優等生演技に気が付いているのは何人なんだろう。

「君と正義君の関係から教えてもらえるかな」

はっ？　さっき言ったのに何聞いてんだよと思いつつ、優介は、あくまで優等生キャラで説明を始めた。

「僕と正義君は、中学受験で同じ中学に入学しました。1年生の時にクラスメイトになり、部活も一緒だったので自然と仲良くなりました。クラスは1年生の時だけしか一緒ではありませんでしたが、僕も高校を他校受験しなかったので、5年の付き合いになります。僕は、自分で言うのも変なんですが、中学受験の時から学力はいつも1番で、全国共通試験も中学1年の時から5年連続で1番なので、正義君の勉強を見てあげたりして、彼の家にもよく泊まりに行きます。彼は、僕と違って自分の意見というか考えを言葉にして表現するのがとても苦手で、いつも彼の考えているだろうことを僕が代弁するという感じです」

優介は一気に説明をした。

「そうですか、君は優秀なんだね。大学はやっぱり東大とかに行って官僚になるのかな」

ニヤニヤしながら梶ヶ谷が聞いた。

「いいえ、東大に興味はありません。恐らくハーバード大に行くと思います」

優介がそう答えると、少しイラッとした顔をしていた。

「じゃあ、本題に入るけど、昨日の朝からの行動を話してくれるかな」

机の上に手を載せて人差し指でトントンと叩くのが梶ヶ谷の癖のようだ。

「一昨日に、正義君の家に泊まったので、昨日は彼の家から一緒に学校に行きました。午前7時に起床しました。身支度をして学校に行きました。普通に授業を受けて、部活に出て、帰りに下北沢に寄って正義君と一緒に僕の家に帰りました。その後、佐藤さんの怪我が気になって彼女の家に行きました。家の中から変な物音がしたので庭の方に行くと、佐藤さんが酷いことをされていて、僕らは彼女を助けました。相手の男が包丁を持って襲ってきたので、正義君が体当たりをしたりして抵抗しましたが、また襲ってきて、男の持っていた包丁で正義君が男を刺してしまい、腰を抜かしていたら、今度は佐藤さんがあの男をめった刺しにしました。これが僕らの一日でした」

優介は一気に話をすると、それからは、何度聞かれても同じことを繰り返し繰り返し話をした。まるで、何度も戻しては再生するＤＶＤのようだった。すると諦めたのか梶ヶ谷は、

「じゃあ、君らは正当防衛で何も罪を犯していないと言いたいんだな」

と、確認するように強い口調で言った。優介もきっぱりとした口調で、

「はい、間違いなく正当防衛です」

と言うと、梶ヶ谷は部屋を出て行った。ドアを開けたままで戻ってこない。恐らく1時間はそのまま放置された。同席していた警察官も少し困った顔をしていた。

廊下から、

「うおぉ！　うおぉ！」

と凄まじい叫び声が聞こえて、次に泣き声が聞こえた。紛れもない正義の声だった。あいつら正義に何をしてるんだ。優介の中に、怒りがふつふつと音を立てて湧いてきた。

正義は、上手く自分の意見を人に伝えられない奴だって、今、説明をしてやったばかりなのに、何て愚かな奴らだ。あいつらには人間の言葉が通じないのか？

優介にはここは、何をしたいんだかさっぱり分からない種類の動物たちがうじゃうじゃいる魔界のように思えてきた。俺は俺のやり方で、絶対に自分自身のことも正義のことも守ってみせる、優介は固く心に誓った。

それからさらに30分くらいすると梶ヶ谷が戻ってきた。口元が緩んで笑っているように見えた。

「今日の事情聴取はこれくらいにします。君は、帰宅してかまいませんが、事件に関することをマスコミに話したりインターネットなどに配信したりしないで下さい。捜査活動の妨害行為をしたということになります。ああ、君は優秀だから説明しなくても分かるか」

そう言うと優介の背中をポンポンと叩いて、「ほれ、さっさと帰れよ」と言いたげに背中を押した。

優介は、恐らく正義の取り調べをしているだろう部屋の横を通り過ぎた。

正義の泣き声はずっと続いていた。

絶対に正義のことは俺が助けてやる。優介はもう一度、心に固く誓った。

警察署を出ようと思ったら、若い警察官が優介の肩を叩いて、真っ直ぐ目を見て、語りかけるように、

「外は凄いことになっているから、覚悟して出て行かないと、マスコミが来ているからね。どうしてだか、昨夜の君たちの行動が映画のようにネットで流れて大問題になっているんだよ。君もマスコミに傷つくような言われようをすると思うけど、頑張って下さい」

と言うと、その警察官は優介に向かって敬礼をした。優介はなんだか変な気分だった。

警察署の玄関ホールに向かって階段を下りて行くと、いきなり怒鳴り声と猛烈なフラッシュがたかれた。あまりの眩しさに目を開けていることができないほどだ。

「君は、少年Aの友人だよね」

「犯行現場に一緒にいたんだよね」

「あの映像は君が撮影したのかな？」

「はじめから殺人現場を撮影しようと思って準備してたのかな？」

矢継ぎ早に次々質問されて、逃げたい気持ちになった。

しかし、走り出そうと思ってから、やっぱり足を止めて答えることにした。

「はい、僕の名前は加藤優介です。17歳です。警察の方からは、マスコミに何も話してはいけないと言われました。お答えしたいのですが、捜査妨害で逮捕されてしまいますので、申し訳ありません」

優介は優等生風に答えた。

「警察でマスコミに話をすると逮捕するって言われたんだね」

「はい、そうです」

「じゃあ、君自身のことだけなら大丈夫ってことかな？」

「恐らく、そうだと思います」

「じゃあ、君のことだけ教えてほしいんだけど、どうして君は犯行時に撮影ができたの？」

「僕は、学校でA君と同じ写真・映像部の部員で、皆さんと同じようにいつもカメラは持ち歩いています。スクープ映像が撮れるかもしれないので」

「そうか、だから撮影できたんだね」

「すみません。もう行かないと両親が待っておりますので、失礼いたします」

優介はそう言うと深々とおじぎをしてその場を立ち去った。優介の父は、車の中から出ようともしないで、マスコミに囲まれている優介を傍観者のように見ているだけだった。優介が車に乗り込むと、大きなため息を一つ吐き車を動かした。

「母さんが心配してるぞ」

「そうですか、すみません」

「お前は大丈夫なのか？」

「何がですか？」

「犯罪者になるかってことだよ」

「ああ、僕の健康面とか精神面とかでなく、そっちですか。多分大丈夫だと思います。17歳ですし」

「そうか。いや、精神的に大丈夫かということだよ。当然だろう」

父は少しムッとした口調でそう言うと、その後は何も話さなくなった。

「家の前もかなりの人だかりで大変な状態だけど、家に帰って大丈夫か？」

「父さんはどうしたいんですか？　僕は、自分の部屋に早く帰りたいだけなんですが」

「分かった」

父はそう言うと、目の下をピクピクとさせて自宅の駐車場に車を停めた。

自宅の周りのマスコミは、さっきとは比べものにならないほどガラが悪かった。みんな押し合って、すぐにでも殴り合いを始めるんじゃないかと心配になるほどだ。

「大人って大変だな」

優介は小さな声でつぶやき、なんて可哀想な生き物なんだと心底思った。

「君は、頭が凄く良いらしいけど、全部君の筋書きなのかな？」

「計画的な完全犯罪ってやつか」

「君さ、自分のこと天才だと思ってんでしょ？」

「どうして動画配信したの？」

あまりにも一気に、バカみたいに聞いてくるため、呆れて何も言えなかった。しかし優介が、さっきの警察署と同じように玄関の門扉の前で、手をしっかり体の側面につけて深々と頭を下げると、猿山の猿が餌に群がるように質問をしていた彼らが、しんと静まり返った。すかさず

優介は、

「大変申し訳ございませんが、警察の方からマスコミの皆さんとお話をしないようにと強く言われております。捜査妨害で逮捕するとも言われておりますので、何もお話ができません。また、近隣の方たちの迷惑にもなりますので、お仕事とは存じ上げますが、常識的な対応をお願い致します」

と言ってもう一度頭を下げた。マスコミは呆気にとられた様子で手を止めている。優介の父はその隙に家の中に駆け足で入って行った。優介はゆっくりと家に入って行った。

マスコミへの対応は、本当なら家長である父親の仕事だと思うが、父が行うより優介が行う方が効果的だと思っているのか、本当によく分からない大人ナンバーワンだよ、彼は。優介のそんな心の声が聞こえてしまったのか、父は申し訳なさそうに、

「すまんな、父さんこんなこと初めてで、どう対応したらいいのか分からずに、頼りない父親で」

と言った。しかし優介は、ちっとも頼りないとは思っていない。それどころか尊敬もしている。自分には父のような生き方は絶対にできない。父はどんな事態になっても絶対に酒や女に逃げることなくじっと辛抱をする。自分は自尊心が強すぎて父のように生きていけない。外か

ら見ると、優秀な息子が父親をバカにしているように思うかもしれないが、自分のできないことをいとも簡単にできる父親のことを優介流ではあるが〝尊敬〟はしていた。

「優介さん、食欲はありますか？」

母が腫れ物にでも触るかのように話しかけてきた。

「大丈夫です。母さん、ごめんなさい。心配をかけますが、僕らは何も悪いことをしていません。安心して下さい」

優介がそう言うと母は崩れるように泣き出した。

「優介、母さんを泣かすことは父さん許さないからな」

「はい、申し訳ありません」

優介は自室に戻った。

携帯電話の中はもの凄い数のメールと留守電が入っていたが、優介のパソコンは1台もない。警察が押収したらしい。

何か手を打っておくべきだった。全く、寝不足だったからという言い訳ができるようなミスではない。まじで泣きたい気持ちだ。優介は、自分の愚かさをののしった。

俺たちの映像が鮮明に流れているって警察官が言ってたっけなあ。確か消したはずの「正義！

正義！」という僕の情けない声が流れているのかなあ。これじゃ正義の個人情報が漏れているじゃないか。そう自分に怒りながら、優介はとりあえず山崎に電話を入れた。

「こんばんは、お疲れ様でした。大丈夫ですか？」

山崎の声を聞いたらなぜか涙で喉が汚染された。喉がぎゅうと音を立てて狭くなって物凄い痛みが走った。

「ありがとうございます。刑事さんには言葉が通じないのか、僕の言っていることの全てを理解してもらったとは本当に思えなくて、このままでは、僕らは本当に極悪な犯罪者に仕立てられてしまう」

なんとか頑張って振り絞った声でそう言うと、

「大丈夫だよ。私が今日一日かけて、世界中の世論を君らの味方につけた。平和で安全な日本で最悪な環境に貶められた彼女と、彼女を命を懸けて助けたヒーローたちのストーリーという線で、ネットとマスコミの世界でムーブメントが起きているから。正義君は文字通りのヒーローになったよ。そして、君はヒーローを支える、友情にあつい優等生ヒーローになっているよ。もうすぐ始まるニュース番組を見てみなさい」

山崎は猛烈に優しい声で伝えた。

「どうもありがとうございます」

優介は、できるだけ大きな声でお礼を言ったはずが、間が抜けた声になってしまって、また、自分が情けない気持ちになった。

「ああ、久しぶりに頑張って仕事をした感じだよ」

そう言うと大きな声で山崎は笑った。

「警察で、僕が配信した映像は全て配信停止にしたって言われて、もうどうしたらいいかと思っていて。恐らくこの部屋は警察に荒らされていて必要な資料は全て押収されてしまったと思ったから、どうして僕らの映像がそんなに世の中に流れているのかと思いました。多分、山崎さんが何かをして下さったとは思ったのですが、もとになる材料がないのにどうやったんですか?」

「私は君の何倍も生きてきていて、知識もあるからね。昨夜、君との電話を切った後で、君のパソコンをリモート操作させてもらったんだ。私の思った通り君は朝までパソコンを夢中で使っていたから、私がリモート操作していたことに気がつかなかったんだね。君ともあろう人が、と若干思ったんだ。でも、良かったよ、少しだけ17歳のところが見られて」

山崎は、本当に全てお見通しといった感じの大人だ。自分の両親があまりにも知識がないので、優介には、同じ大人とは思えないほどだ。つくづく、若いうちに勉強をしておくべきだとこの年齢で分かった自分は、世の中のどの17歳より幸せ者だ。優介は、そう思った。

「疲れているると思うけど、明日も事情聴取があるんだろ？　今夜中に世論の動向と今後の対応方法を考えないとな。そうだ、正義君の精神状態は大丈夫だったか、分かったかな」

「すみません。ただ、正義の叫び声と泣き声が廊下中に響いていて……」

「それは苦しかったね。よく頑張ったよ。偉かったな」

「ありがとうございます。正義に比べれば、僕は共犯者扱いもされていないんだからよく分かりません。分かることは、正義より僕の方が良い環境で睡眠を取れるということだけです」

自分はこんなに泣き虫だったのかと思うほど涙がどんどん勝手に出てくる。

「ああ、言い忘れるところだったよ。君のパソコンのハードディスクは悪質なウイルスに感染していて、どこにもファイル一つ入っていないんだけどね、唯一のソフトはウイルスに感染しているっていう設計なんだ。誰がそれに気がつくかは分からないけど、気がついて頑張れば警視庁のファイルを開くことになるって感じの、彼らにとっては最悪の悪質ウイルスだね」

そう言うと、また山崎は大爆笑した。

押収されたメインパソコンをそんなウイルスに感染させていたなんて、本当に山崎は天才だ。

恐らく警視庁の情報処理の担当をもってしてもウイルスの特定は難しいだろう。

「早急に、正義君と君に弁護士をつけるよ。明日からは弁護士の指示に従えば大丈夫。安心してくれていいからね」

山崎はそう言うと電話を切った。

本当に安堵の気持ちで、優介の凍った心が溶けてきた。

今日は、眠ろう――。

父と息子

僕は、目が覚めると医務室から取調室に戻された。梶ヶ谷さんのやり方と、渡辺警部の考えが違うらしく、廊下で何やら言い争いをしているのが聞こえた。僕の取り調べに関して規則が守られていないらしい。10分くらい待たされた後で、梶ヶ谷さんは、気にしてないと言いたげな顔で部屋に入って来た。

「少しは、冷静になれたかな」

高飛車な口調というか、声の出し方が高飛車なのか。ここまで立ち居振る舞い全てが最高級に高飛車な人間に出会ったことがない。

「はい、すみません」

僕は、わざと下僕風に言ってみた。

「それじゃ、もう一度話を聞かせてくれるかな。どうして、君と加藤優介君は、佐藤杏子さんの家に行ったんだっけ?」

またかよ、と僕は思った。どんだけ同じ話をすればこの人たちは理解するんだよ。偉そうに見えるけど実はバカなんじゃないかと思えてきた。

「学校で佐藤さんに会った時、彼女が大怪我をしていてすごく気になったから、ちょっと自分の家に帰る前に寄りたかったんです。本当に大丈夫かどうか」

「君はさ、佐藤杏子さんが好きなのかな? それで、佐藤杏子さんが、あの男に犯されているのを目撃して、彼女のためにあの男を殺したんじゃないか? 正当防衛を立証するために彼女と加藤君と共謀してカメラを隠して、佐藤杏子さんは最後に覚悟をしてあの男と対峙したんじゃないのか?」

「違います。何度も説明していると思いますが、あの入れ墨男を殺す気で佐藤さんの家に行ったんじゃないんです」

「じゃあ、何なんだよ。そろそろ正直に全部話をしないと、君も加藤君も、当然に佐藤さんも殺人罪だよ」

そう言うと一瞬にやりと笑い、今度は大きな声で怒鳴るように言ってきた。

「もう、お前たちの将来とか未来なんてないんだよ！　子供なんだから余計なことしないで家でテレビでも見て寝てれば良かったんだよ！　もう、お前なんて人生の敗北者だよ！」

机を両手で大きく叩くと、今度は僕の真横にやって来た。

「でも、正直に話をしたら私が何とかしてやってもいいんだよ。ちゃんと言えばいいんだよ。君にとって私は、もはや神なんだよ。君の人生をどうにでもできるんだからね」

怒ってみたり、にやけてみたりしながら取り調べをするようにと、マニュアルでもあるような感じで、僕は完全に敗北者だった。

「僕たちは事前にカメラを隠して、あの男を殺すために計画を練って、みんなで共謀して殺しました。これで間違いないよな」

今度は押し付けるように、もう面倒だからこれでいいだろうと言わんばかりの言い方で、僕の髪の毛を持って顔を真上に向けさせた。

「刑事さん、頭がおかしいんですか？　それともよっぽど理解力がないんですか？　佐藤さんの様子を見に行ったら、家に明かりがついているのに、ピンポンしても出てこなかったから、窓の方に回り込んで確認したんです。優介が少し窓を開けたら室内が見えて、佐藤さんが酷く暴行されていて、腕のロープを何とか外して逃がそうと思ったんです。本当です。どうして何度も何度も同じことを聞くんですか。あの入れ墨男が包丁を持って来て僕らを殺そうとしたからイケないんだ！」

僕は建物内の人たち全員に聞こえるように、バカみたいに大きな声で言った。両目の奥がガツンと音を立てて痛み出した。

頭が痛い、すごく痛い。

頭が痛すぎて壊れてしまうんじゃないかと心配になってくるほど頭が痛い。

思わず頭を抱えて、

「あぁ、頭が痛いじゃないかぁ！　もう僕が人殺しでいいじゃないですか、もうどうでもいいよお！」

僕は悲鳴に近い感じで叫んでいた。本当に頭が痛い。

こうして僕は正気を失っていって、廃人になってしまうのかもしれない。入れ墨男を刺した時の包丁から伝わった感触は、しっかりと両手に残っている。あの部屋のにおいや、あの男の悪臭は鼻から離れないし、ぬるぬると濃厚なオイルのような汚い血の感覚も、やっぱり肌が覚えている。僕は、人殺しだ。

僕は様子が変になってしまったのか、また医務室に運ばれた。いっそのこと医務室で取り調べを受けた方がいいかもしれないと思われているかもな。

夕方になって、父さんが食事と着替えを持ってきた。

「父さんか。ありがとう。毎日ありがとう」

僕は、まだ頭が痛くて死にそうだ。

「何だ、どうしたんだ？　大丈夫か？　酷い顔をしているぞ。警察に何かされたのか？」

「あいつら、マジでおかしくて何度も何度も同じことを繰り返し繰り返し聞いてくるから、こっちがおかしくなってきて、もう、どうにでもなれって思えてくる。冤罪は、こうして作られるって身をもって体験しているところ」

「次の取り調べには弁護士が間に合うと思うから。お前も以前に会ったことのある河合学弁護士だよ。父さんの会社で会ったんだけど、忘れちゃったかな……」

「あぁ、覚えているよ、あの時の弁護士先生かぁ。頼りになりそうだね」

「佐藤杏子さんだったんだね、あの痣の子は……」

「うん」

「父さんが弱いからお前を守ってあげられなくて、すまん」

「僕が、あの男を刺したのは間違いないんだ」

「お前、どうしてあんなことをしたんだ？」

「殺されると思ったんだよ。あいつ、化け物みたいで、父さんだったらどうしたんだろう？」

そう僕が聞くと父さんはしばらく黙りこくって、下を向いたままになった。

「そうだなぁ、それは宿題として持ち帰るよ。一晩、考えてみてもいいかな？」

「分かった。ごめんね、変なこと言って。明日、勉強道具を持って来てほしいんだ」

「えっ？」

父さんはびっくりしたようで、細い目を真ん丸にして僕を見た。

「僕、大学に行って法律を学ぶよ。警察の、特にキャリアだかなんだか知らないけど、あの偉そうにしている奴があまりにも愚かだから、僕が検事になって、真実をきちんと見極めることのできる目で事件と人間を見て、犯人と称されている人間の心からの叫びをきちんと聞くことができる大人の検事になるよ」

「お前、大丈夫か？　相当やられたのか？」

「まるで、小学生のいじめだよ。笑っちゃうよ。大人が幼稚化して、子供は自分が子供ということを教えてもらえていない。大人と同じ時間を過ごすうちに、子供の時間が抜け落ちた変な子供になってしまうんだ。ごめんね、父さんがそうだって言うことじゃないし、殺人犯が言うことでもないけど……」

「いや、お前の言う通りだな。父さんは、考えることがたくさんありそうだな」

「多分、取り調べをしている警察庁の梶ヶ谷さんは、僕より子供だよ、幼稚すぎるよ、心が……」

「正義、お前本当に大丈夫か？　父さんもう行かないと」

「ありがとう。また明日来てくれたら嬉しい。あと、母さんにありがとうって伝えて下さい」

「分かったよ。じゃあ……。できるだけ眠るんだぞ」

父さんはかなり疲れている様子だった。父さんには、殺人犯になった息子の面倒を見るのは無理だと思う。きっと、無理やり美談化したいんだと思う。自分の息子は虐待を受けていた少女を助けた、勇気ある行動だとも思いたいのかもしれない。

でも僕は、ただの殺人犯なんだ。もう一生、死ぬまで、父さんの思うような息子にはなれない。間違いなく僕は、この手で、あの男を刺して殺した。

父と母

警察署の2階ロビーから、外に陣取るマスコミがよく見える。

正義の父、鈴木政治は、大きなため息を一つ吐くと階段を下りた。

自分には荷が重く、とても背負いきれない現実から何とか逃避できないかと思い描くが、このマスコミがいつも現実に引き戻す。

自分の息子は殺人罪なのか、正当防衛なのか、いずれにしても男を刺したことに違いはない。

また同じことをぐるぐると思いながら、玄関に辿り着く。大きく深呼吸をして外に出ると、相変わらずのフラッシュと質問に目と耳を塞ぎたくなる。

「息子さんの様子はいかがでしたか?」

「反省している様子ですか?」

「取り調べに違法性があるということですが、どう思いますか？」

結構この手の質問がこの数時間に増えてきた。恐らくネットでの書き込みが影響しているのだろう。

「あんたの育て方が間違ってたから、平気で人を刺し殺せる子供を作り出したんじゃないですかぁ？」

記者の質問に、政治の疲労困憊した脳みそが異常反応をしてしまう。

「確かに私の息子は恐怖で冷静さを失い、人を刺したかもしれませんが、彼の人間性を全て悪とするのは正確ではありません。私は、仕事人間でダメな父親かもしれません。でも、私の息子の全てを悪とすることだけは容認できません。今の質問をされた方は、どちらの方ですか」

マスコミの質問に反応してはいけないと分かっているはずなのに、自分は何を偉そうに言っているんだ。本当に情けない。

幸いにも誰もが、まさか政治が物を言うとは思わなかったのか、拍子抜けしたように一瞬黙り込んだ。その隙に政治は車に乗り込んで、また深く深呼吸をした。

自宅に帰り着くと、早速愚かな対応のツケが回ってきた。

「正当化するんですか？　殺人を正当化するんですか？」

自宅前に群がったマスコミがバカみたいに連呼している。

正当化するはずないじゃないか。そんなこと、わざわざ口に出さなくったって分かってることだろう。本当に世の中をこんな奴らの言葉が動かしているのか思うと、政治は悲しくなってくる。

家に入ると、妻の春子はいつもと変わらない。

「ただいま。正義が君に感謝してたよ」

「あの子の様子、どうだった?」

泣きそうな声を無理やり明るくしているのが伝わってくる。

「随分と酷い取り調べをされているみたいだ。精神的に追い込まれていて、事件のPTSD(心的外傷ストレス)と、さらに取り調べでPTSDになっているように思うよ」

正直に話をした。

「さっき、山崎君から電話があったの。会社の顧問弁護士を同席させるって。あと、未成年だから保護司とかいう肩書きの人が同席するらしいの、あなた知ってたの?」

「ああ、河合先生のことは正義にも伝えて来た。だから、もう安心しろって言ってきたよ」

それを聞いた春子はキッチンに行き、食事を運んできた。

「明日は、正義にカレーライスを持って行ってあげようと思って、もう作っちゃった」

そう言うと春子は泣き出した。

「一晩寝かせたカレーは最高に美味いからな。君のカレーライスは本当に絶品だから、少し多めに持って行って優介君にもあげることにしような」

政治は極力、普通な感じに話をした。

「あなたったら、なんだか気持ち悪いくらい優しくなったわよ」

「気持ち悪いってなんだよ。僕は君と出会った頃から少しも変わらないぞ」

政治と春子と山崎は学生の時からの友人で、春子は山崎と結婚するだろうと、政治はあの頃思っていた。

「そうかぁ、そう言えば学生の頃から変わらないかもね」

春子はそう言いながらカレーライスを食べ始めた。

「来週、ホテルかマンスリーマンションに移らないか。近所迷惑だし、僕が仕事に行っている間、君がマスコミの対応なんて一人でできないからな」

政治は春子にそう言ったが、実は自分がもう限界に感じていた。まだ、あれから2日しか経っていないのに、不甲斐ない自分が情けなかった。

「そうね、これ以上ご近所に迷惑をかけられないものね」

春子は深くため息をつくとテレビをつけて、くだらないお笑い番組にチャンネルを合わせた。今は、このばかばかしい感じが救われる。

「しかし、ばかばかしいな、この番組は」

政治が思わず口に出して言ってみたら、

「本当ね、こんなくだらない番組を大の大人が皆で何時間も会議をして作っているのを考えると、シュールにも思えてくるから不思議よね」

春子はそう言うと少し笑った。春子の笑顔にいつも政治は助けられている。

「春子、ごめんな。僕が不甲斐ないから、君に辛い思いをさせてしまうね」

政治は心の底からそう思って伝えた。春子は政治の手をギュッと握って、また笑顔を見せた。

政治たちの様子を少しでも知りたいのか、しっかり締めた雨戸が風もないのにガタガタと音を立てている。マスコミの連中はフェンスにでもよじのぼって雨戸越しに会話を盗み聞きしようとしているのだろう。政治は、彼らからは逃れられない気がしてきた。

病　室

佐藤杏子は、いつの間にか病院のようなところに連れてこられていた。

髪の毛が血で固まってしまっていて、体に付いている誰のだか分からない血がカサカサになっている。

分娩台に横になりながら、杏子は看護師たちがテキパキと準備をしている様子を見ていた。

以前、母親に連れて行かれた産婦人科病院で堕胎をしたことがあったから、寝かされているベッドが分娩台だとすぐに分かった。

優しそうな女医が入って来て、看護師にゴム手袋をはめてもらいながら話しかけて来た。

「こんばんは。これから検査と治療をさせて頂く医師の高島鈴音です。よろしくお願いします。それでは、はじめに検査をします。痛かったり辛かったらすぐに休憩しますから教えて下さいね。大丈夫かな?」

「はい」

「じゃあ、始めますね」

高島医師はそう言うと杏子の手を取り、爪の中に入り込んでいるごみを丁寧に取り出した。次に、腕に付いている血を、部位ごとに採取している。それは検査というよりも本当に採取していた。

腕が終わると、今度は髪の毛をとかした。

「髪の毛を少し切ってもいいかな?」

と聞かれた。

「はい」

杏子は、怖いわけではないのに「はい」としか言えなかった。

髪の毛は、両サイドと前後の少しずつではあるが、バリカンで刈られた。その後、髪の毛は看護師が綺麗に洗ってくれた。香りの良いシャンプーとリンスで看護師が洗髪している間に、高島医師は両足に付いた指紋を、蟯虫検査の時に使うシートの大判サイズのようなもので採取していた。そして、足の爪の中のごみも丁寧に採取した後で、

「足をこの台の上に載せることはできるかな？」

と、また、優しく聞いてきた。

と杏子は返事をして、足を開く形に台の上に載せた。

「はい」

「少し痛いけど、とても大切な検査なので、ちょっとだけ我慢することはできますか？」

何をするにも確認をするんだなと思いながら「はい」と返事をすると、触診し、冷たい金具をぐっと押し当てるように挿入した。そして、何やら擦り取るように採取して、次に少しチクリ、チクリとした。そうした後で高島医師は洗浄を始めた。

「先生、中を綺麗に消毒して下さい」

杏子は、喉に詰まった物を唾で押し流すように泣きながら懇願した。

「大丈夫。分かってるよ、きちんと処置しますから安心して下さい」

そう言うと少し冷たい液体で何度も洗浄してくれた。器具を取り外した後で、腕や足や背中の血も全部きれいにガーゼで拭き取り、それぞれを保管用のビニール袋に入れて封をしていた。

高島医師はそっと杏子の足を台から外すと、

「はい、これで検査はおしまいです。看護師がお風呂を用意しておきましたから、ゆっくりと好きなだけ時間をかけていいから、お風呂に入って下さいね」

そう言って部屋を後にした。

杏子は、看護師と婦人警察官に連れられてお風呂に入った。

風呂場には婦人警察官がいたが、シャワーでよく体を洗い浴槽にゆっくりと浸かった。体の至るところが沁みて痛みが走った。

杏子はどんどん出てくる涙をお湯で洗いながら、赤ちゃんのように泣いた。10分くらい湯船に浸かり、一頻り泣いたら、少し気持ちが落ち着いてきた。

婦人警察官からバスタオルを受け取り体を拭き、支給された下着とスエットジャージに着替え終わると、高島医師が支度室に入ってきて、

「これ私のだから、おばさん用だけど、ないよりはいいかなっと思って」

と言って化粧水と乳液を貸してくれた。

「ありがとうございます」

杏子は初めて高島医師の顔を直視した。まだ30代前半だと思える彼女はとても美人で、杏子は少しびっくりした。ドライヤーで髪の毛を乾かしながら自分の顔を鏡で見ると、急に全てのことから解放されたんだと実感が湧いてきた。

もう二度とあの地獄に落ちることはない。本当にほっとして、大きく深呼吸をすると、指先に綺麗な血液が行き届いたようにじーんと温かくなった。看護師が車いすを持ってきたので、

「自分で歩けます」と伝えて、婦人警察官と一緒にゆっくりと病室に向かった。

看護師が用意した点滴の横に高島医師が立っていた。

「今夜は、点滴をしてゆっくり眠って下さいね。恐らく明日からは、警察の取り調べが始まると思うから、今日は眠れるように少しお薬を入れておいたので、しばらくすると眠くなると思うよ。それでも眠れなかったらナースコールをするか、横に座っている婦人警察官の方に伝えてね。おやすみなさい」

そう言って立ち去ろうとしていたので、

「先生、本当にありがとうございます」

杏子はそう言って涙を拭った。病室の照明は小さな明かりだけになった。杏子の横には婦人警察官が朝まで座っていた。杏子は、ほんの一瞬だけ眠った。

目を開けると、昨日から一緒にいる婦人警察官と目が合ってしまった。部屋が明るかったので、

「もう、朝ですか？」

と、杏子は思わず聞いてしまった。

「そうです。よく眠っていたので良かった」

婦人警察官はニコッと爽やかな笑顔でそう言うと、ナースコールボタンを押した。

高島医師と看護師が病室に入ってきて、点滴の袋を交換しながら説明を始めた。

「おはよう。よく眠れたみたいで良かった。昨日はかなり動揺していたので、説明をしても分からないと思ったので今から説明をします。分からないところとか質問があったら聞いてね」

「はい」

「まず、あなたの体は打撲と骨折が酷いのと、女性器の損傷が激しいので、その治療が必要です。そして、覚醒剤の使用がみられますが、足甲の注射の侵入角度から見て、恐らく強引に注射をされたと思われますので、きちんと所見の中に記載を致しました。体内からと頭髪から覚醒剤反応があったので、昨日からの点滴に解毒作用のある薬を入れております。あなたの血液の中に入ってしまった覚せい剤を一日も早く体外に出す必要があるから、どんどんトイレに行って。もしかしたら吐き気も起こすかもしれませんが、その時は言って下さい。ここまでに何か質問はありますか？」

高島医師はテキパキとしていて優しい感じもあり、質問が湧いてこない空気を作り出していた。

「私は、普通の生活は送れないのですか？」

杏子は勇気を奮い起こして聞いてみた。

「恐らく、覚醒剤の後遺症は数年続くと思います。入院と通院が必要になります」

「お母さんにはなれますか？」

と、さらに質問をすると、

「それは、困難な状態だと思いますが、絶対にお母さんになれないということではありませんよ。他の人より困難だけれど、機能的には可能性は残ってます」

高島医師はそう言うと、杏子の頭をいい子いい子するようになでて、優しく微笑んだ。その微笑みは、大変だけど頑張れと言っているようだった。

高島医師や看護師と違って、病室にいる二人の婦人警察官は実に冷ややかな目でその光景を見ていた。少し年配の婦人警察官は、何を殺人犯がバカなことを言っているんだと言わんばかりの目で見ているように杏子には感じられた。

そう、私は殺人犯なんだ——。

境界線

今日もまた同じ取り調べかと思うだけで頭が痛くなってきた。

最悪な人生だ。何でこんなことになってしまったのかな。僕は後悔してんのか……僕の行動は間違っていたなんて思えない。僕は、確信的な殺人犯だ。身支度をしながらそんなことをぐるぐる思っていたら、付き添いの警察官が僕の肩をなでるように叩いて、僕にしか聞こえないように小さな声で話しかけてきた。いつもと様子が違うから何かと不思議に思って顔に出ていたかもしれない。

「今日から一人で取り調べを受けなくて大丈夫になったよ。良かったな」

そう言うと、なぜかほっとしたような柔らかい表情で僕を見てきた。はじめからこの警察官は本当に優しい人だけど、今日はさらに優しい顔をしている。

いつもの取調室に入ると、父さんが言っていた通り、弁護士の先生が既に席に座っていた。

「おはようございます」

僕はきちんと直角に頭を下げた。

「おはよう。私は、弁護士の河合です。以前に会っているんだけど覚えてるかな？」

「はい、父の会社でお会いしました。どうぞよろしくお願いします」

「まさか、君が一人で取り調べを受けているとは知らなくて、お父さんから伺った時は正直驚いたよ。よく一人で頑張ったね。今日からは、私が話してって言うまでは何も話さなくていいからね」

「何も話さなくていいんですか……もう」

僕はあ然とした。

何だったんだ、この数日は……。

「君は、正常とは思えない精神状態にもかかわらず、不誠実な警察官たちに何時間も取り調べを受けていたからね。弁護士が付添人として傍にいるべきだったと思うよ」

と河合さんが話を始めたところに警視正の梶ヶ谷さんが入ってきた。

「おはようございます。本日からどうぞよろしくお願いします。梶ヶ谷と申します」

そう言って名刺を河合さんに渡した。

「はじめにお二人に正式にお詫びを申し上げます。取り調べを始める前に弁護士を呼ぶ権利を彼に説明をしませんでした。凶悪性のある事件なので異例なこととは存じ上げておりましたが、軽率でした」

まるで別人のような口調で話をしていた。

「まず、調査官（家庭裁判所調査官）立ち会いのもと、少年の精神鑑定を先行させて頂きます。過酷な状況の中、署に自ら出頭したにもかかわらず、さらに精神的苦痛を与えられたのですから、当然の要請です。よろしいですよね。検察には既に了承を得てます」

と河合さんは強い口調で、梶ヶ谷さんに言った。

すると険しい表情で、声を張って梶ヶ谷さんが言い放った。

「はあ？　少なくともこの少年は殺人行為を行っているんですよ」

「殺人行為ではなく、正当防衛ですよね」

河合さんは、梶ヶ谷さんの言葉に被せるように話を始めた。

「そもそも、警察の殺人罪ありきの取り調べが違法だと言っているんですよ。未成年の取り調べにもかかわらず、正式な手続きすら取れない方々が、罪状を決めつけて少年を追い詰めたら、少年の精神状態は正常を保てるはずがないですよね。これは重大な違法行為です。念のためにお伝えしておきます。本日は以上でよろしいですね」

それが合い言葉のように、河合さんは席を立った。

「じゃあ、正義君、これから私と家庭裁判所の医務室に行きます」

「えっ、今ですか……すぐですか」

「そう、今からです」

僕は、救われた気持ちになった。もう取り調べから解放されたんだと思った。そしたら、涙が出てきた。河合さんの言う通り、僕は精神異常者になってしまったんだ。だって涙が止まらなくなった。

取調室を出ると階段を下りて1階のホールに出た。どうやらマスコミが凄くて、裏から出るにしても大変らしい。僕は、警察官が持つブルーシートの壁の中を歩かされた。テレビのニュースで見た光景だ。ただ、自分がブルーシートの外側の人間でなくて、内側の人間になってしまった。カメラのシャッター音とカメラマンたちの怒号が物凄くて、自分の状況と自分のしでかしたことの重大さを改めて感じた。

ワンボックスカーで数分走ると家庭裁判所に着いた。僕は、またブルーシートのバリアの中を歩いた。流石に家庭裁判所の壁は高いのか、マスコミの人はいなかった。でも、きっと高性能望遠レンズで誰かが僕を狙っているんだろう。僕ならどこから被写体を狙うんだろう、なんてふと思った。

「正義君、これから君の健康診断と精神的ダメージを診断するから。大丈夫だよ、緊張しないで」

「河合さん、僕は殺人犯じゃないんですか」

「私は、君は正当防衛をしただけで、殺人犯ではないと思っています。ああしないと、殺されると思ったんじゃないのかな」

「はい、凄く怖かったんです。殺されると思いました」

「そうだよね。分かるよ、凄くよく分かる。これから、君の正当防衛を主張し、君の自由を私は勝ち取るつもりでいるんだけど、それでいいんだよね」

河合さんは、真っ直ぐ僕の目を見て聞いてきた。

「はい、僕は間違った行動をしていないと思います」

僕が答えると、河合さんは無言で僕の手を取って握手をしてきた。

「正義君は、お父さんとそっくりだね。誠実で責任感が強くて、誰よりも優しい。私は、君よりも、君のお父さんと過ごしている年数は長いんだよ、実はね……」

こんな会話を河合さんとしていたら、ノックをして調査官と白衣を着た女性と、同じく白衣姿のおじいちゃんが入ってきた。女性は高島先生という人で、健康診断をしてくれるらしい。おじいちゃんは精神科の先生で、僕がどれだけ精神的にダメージを受けているかを診断する。どっちにしても、僕にとっては警察署にいるよりも良い待遇だと思う。多分。

「それでは、弁護士の方は別室でお待ち頂くか、午後3時以降に迎えに来て下さい」

と、高島先生は冷たい口調で言うと、ドアを開けて、さっさと行きなさいよ、みたいな態度で河合さんを僕から離した。

「じゃあ、3時に戻って来るから」

と河合さんは言うと部屋を出て行った。

僕は、高島先生に連れられて身長と体重、手足のサイズを測定した。

視力や聴力、心電図、脳波、全身のレントゲン、血液検査と、僕という人間を測定した。あっと言う間に昼食になった。病院独特のトレイに昼食が運ばれてきた。ここにいると不思議と犯人というより、病人になった気持ちが湧いてくる。午後からは、精神鑑定をするらしい。今度は僕のスペック測定って感じなのかもしれない。

僕の精神は大丈夫なのか？

普通でないことは確かだと思う。

昼食を食べていると調査官が、母さんが来ているけど会いたいかって聞いてきた。会いたいけど、どんな顔で会えばいいか分からない。でも、断ったら母さんを傷つけることになるし、困ったな……と思っていたら再度聞いてきた。

「正義君、お母さんがカレーライスを作って持って来てくれたんだけど、どうする？」

「正直に言うと、母さんにどんな顔で会えばいいか分からなくて」

「いいんじゃないのかな、とりあえず下を向いていても」

そう言うと調査官はニコッて笑って、

「じゃあ、お母さん呼んで来るよ」

と言って部屋を出て行った。

本当に、警察署とここの雰囲気が違いすぎて感覚がおかしくなってくる。

食事が済んで麦茶を飲んでいると、廊下から母さんの声がしてきた。

「すみません。ありがとうございます」

と何度も何度も繰り返していて、僕は、その声を聞いたら猛烈に涙が出てきた。

やっぱり母さんに合わせる顔がないし、喉がぎゅうっと締め付けられて声も出ない。母さんの声はドアの所で止まった。

すぐに開くのかと思ったらなかなかドアが開かない。母さんが泣いている。声も出さずに泣いているんだ。

僕は、母さんの世界をめちゃくちゃにしてしまった。

母さんの汚れていない世界。

苦しみや絶望のない世界。

佐藤杏子の親と真逆の世界のはずだったのに。

「カレーライスは、私がお預かりしましょうか?」

と調査官の声がドアの向こうでした。母さんと話をしている。でも母さんの声は聞こえない。

本当にドアの向こうに母さんが来ているのかさえも疑問に思うほど、何も音がしないまま何分も経った。

やっとドアが開いたと思ったら調査官だった。

「ごめんね。お母さんも君と同じように、どんな顔で君に会ったらいいか分からなくなってしまったんだ。でも、カレーライスを預かったから、夕食までとっておくね」

と言って部屋を出て行った。

しばらくすると、調査官と、さっきの無愛想な高島先生とおじいちゃん先生が入って来た。

調査官と高島先生がノートパソコンを起動すると、おじいちゃん先生は僕の横に座り、静かな口調で話を始めた。

「ええっと、鈴木正義君。今日から私と毎日話をしてほしいんだが、よろしいかな？」

「はい」

「まずは、君という青年を教えてほしいんですが……学校は楽しいですか？」

「はい」

「部活動は何をしているのですか？」

「写真を……やってます」

「景色とか人物とかを撮影してるのかな？」

「はい」

「でも、もう大学受験の勉強とか始まってるのかな？」

「はい。うちの学校は、大体の人が国公立大に行くんです」

「優秀な生徒さんが多い学校だよね。よく知ってますよ。君はどこの大学で何を学びたいと思っているのかな?」

「もう、僕には将来なんてないですから、大学もきっと無理です」

「大丈夫だよ。頑張って行きましょう。大学に行って何を学びたいと思いますか?」

「こんなことになる前は、ただ東北の方の大学に入ったら楽しいかなって思っていました。今は、もしも大学に入れるのなら、法律を勉強したいと思います。そして……」

僕は、何を話しているんだと、途中で我に返った。このおじいちゃん先生の技にかかってぺらぺらと話をしてしまった。

「そして、何かな? 今、何かを言おうとして止めたよね」

「いや、違うんです。そんな話はしなくていいと思います」

おじいちゃん先生は、次から次へと短い質問をしてくる。何かのテレビ番組のように、聞いて、答えて、聞いて、答えてとリズムになっていて、変な感じだった。

「先生、今日はこの辺で終わりましょう」

と、やっと高島先生が話したと思ったら、終了時間を知らせる役目だった。

いや、もしかしたら高島先生が僕の精神鑑定をしているのかもしれない。

僕は、

「正常だから死刑だよ」

と言ってやりたかった。

高島先生の後ろから、調査官が椅子を持って僕の前に座った。

そして、いろいろな質問をしてきた。なぜか、こんなことになる前の僕のことを僕以上に知っていた。おそらく、調査官は僕という人間をこの数日間かけていろいろな人と面談し調べ上げたのだろう。調査官の話し方や目線はすごく優しくて、僕は催眠術にかかったみたいにすらすらと、一滴の涙も流すことなくどんな質問にも答えることができた。

調査官は、

「はい、以上です」

と言って席を立とうとして、忘れ物をしたようにもう一度座り直して、深呼吸をして僕の目を真っ直ぐに見た。そして、

「自分の犯した罪の深さを十分に理解して下さい。そして、心から反省し、更生して下さい」

そう言うと席を立ち、小さく会釈をした。

警察官が僕の腕を取ると、

「じゃあ、行こうか」

と言って僕を警察署に連れて行こうとした。

「あのう、弁護士の河合さんが3時に迎えに来ると確か言っていたので、僕は待ちたいと思います。大丈夫ですか?」

「ああ、そうだったね。もちろん大丈夫だよ。じゃあ、ここに座って……」

そう言うと玄関ホールの長椅子に僕を座らせた。警察官は座らずにずっと立っていた。よく見たらはじめからずっと傍にいる警察官だった。この人は、僕の担当警察官なのかな? そんな制度なんてあるのかな、と思っていたら、河合さんが歩いて来た。

「じゃあ、あのワンボックスカーに乗って、また警察署に戻ります。警察での取り調べはもうないんだけど、まだ拘束はされるから我慢してね。今手続きをしているから、明日は、家庭裁判所に移動します。家庭裁判所で調査官と再度面談をして審判という裁判を受けます。審判の結果、不処分または少年鑑別所や少年院送致ということになるかもしれない。何度も言うけど、君は正当防衛の無実だから、家に帰れます」

河合さんはアナウンサーのようにすらすらと話をすると、目を合わせて、何か? みたいな顔をしている。

「あのう、その少年鑑別所とか少年院というところは不良が一杯いるところですよね。当然、僕も一緒に生活をする感じですか？」

と、うっかり聞いてしまった。でも本心で、怖いところに連れて行かれると思った。そんな不良ばかりがいるところに行くくらいなら、警察署の留置所の方がましだ。

「そうか、じゃあ、もしも少年院送致になるような時は、不良少年たちに会わないように、何らかの手配をするよ」

と河合さんは普通な顔で言った。

「すみません。面倒をかけます」

と僕が言うと、僕の横に立っている警察官が、

「不良と一緒には寝られないよなぁ」

って、小さい声で言った。多分、独り言だったんだと思うけど、思わず「正解」と言いそうになった。

ワンボックスカーで家庭裁判所を出ると、凄い人数のマスコミの人たちがいた。

何だか少し多くなっている気がした。僕はずっと下を向いていて、河合さんはカメラマンたちを怖い顔で睨んでいた。

警察署に着くと、警視正の梶ヶ谷さんが手ぐすねを引いて待ってましたとばかりに僕らを出迎えた。

「僕はもう、あの取り調べを受けなくてもいいんじゃないんですか？」

と、ぎょっとした気持ちで河合さんに聞いた。

「大丈夫、もう何も話す必要はないから」

と河合さんは言うと、僕の腕を取って歩き出した。

「少年の疲労が顕著に見られますので、本日はこのままでよろしいですね、梶ヶ谷警視正」

と、強い口調で河合さんが言うと、なぜか僕の横の警察官もシャキッとした姿勢になり梶ヶ谷さんを見た。

「あぁ、そうですね、本当は二、三聞きたいことがあったんですが、まあ、いいでしょう。でも、明日は少し聞かせてもらえるかな」

と梶ヶ谷さんが言うと、

「無理ですね。明日の朝一番で検察ですから、ご存じでしたよね」

と河合さんが言うと、梶ヶ谷さんはムッとした顔になり、今にも「チェッ」と言いそうな感じだった。

僕は、そのまま留置所のある階に下りて行った。

長椅子に座っている父さんが見えた。小さく丸い背中と項垂れた頭が、床に着くのではないかと思うほどで、僕が父さんをこんなに小さくしてしまった、そう思ったら胃がギュッとつかまれた感じになった。僕は、父さんの横を通り過ぎて留置所の方に連れて行かれた。

とは言っても、父さんと河合さんの会話はしっかり聞こえていた。

父さんは、何とか体裁を保っている感じの声だった。

「おぉ、河合。ありがとう助かるよ。本当に、ありがとう」

「何言ってるんですか、もっと早く動くべきでした。こちらの方が謝罪しないといけないと思っていたんです。山崎社長に言われる前に自分からお電話をするべきでした。すみません」

「息子は……正義は、どうでしょうか？　プロから見て状況はどんな感じなのかと思って」

「後で、ご自宅にお伺いします。今日は、山崎社長と話されましたか？」

「いや、実は家に籠ってしまって。情けない」

「山崎社長が部屋を用意して下さってます。連絡して下さい」

「ええ、彼が僕のために……」

こんな会話が廊下でされていた。

僕も大人になって、山崎さんと父さんみたいな関係を、優介と築いているのかなぁと思った。

留置所に入ると河合さんが、母さんが作ってくれたカレーを温めて持って来てくれた。

「先に食事にするといいよ。この後は面会ができるからお父さんと話をして、少し私も話があるので後でまた来るから。その後はシャワーを浴びて明日に備えて下さい」

僕は、本当に母さんのカレーライスが大好きで、皆が自分の家のカレーが一番おいしいと言うけれど、各家庭対抗カレーライス味自慢大会をしたら、母さんのカレーが絶対に一番だと思う。特にこのカレーライスは、今までの中でも本当に美味しくて、母さんがそこにいるようだった。

僕は元来泣き虫なんだけど、ここ数日は赤ん坊のように泣いてばかりいる。人間は、罪を犯すと、もう一度赤ちゃんからやり直さないといけないのかもしれない。でも、父さんと母さんには、ただ泣いてばかりいる面倒な赤ん坊で、ちっとも可愛くないし、明るい未来もない。

最低な赤ん坊だな、僕は。

食事を終えると、なんだか少し復活した感じの父さんが部屋に入って来た。

河合さんや山崎さんに励まされたんだろうなって、すぐに分かる。単純で分かりやすい性格なところが、僕はそっくりなんだろう。

「父さん、僕は警察にもうずっといるような感じなんだけど、マスコミはまだ凄いかな？」

「あれから3日しか経ってないからな、まだしばらくは続くと思うぞ」

と父さんが言って、僕はまだ3日しか経っていないことに気がついた。

もう何か月もこの状態にいるような気になっていた。

「72時間という規則があるらしい」

「えっ？」

と僕はもう一度聞いた。

「身柄拘束は72時間と決まっていて、重大事件の場合は、観察措置として少年鑑別所に収容されて調査が継続されるらしいんだが、正義の場合は自首してきたのと正当防衛の可能性が高いから、もう家庭裁判所で少年審判になるらしい。河合弁護士が異例だと言ってたぞ。良かったな」

と父さんは嬉しそうに言った。僕は人殺しなのに、何が良いのかよく分からない。

「昨日の正義からの宿題を、父さん一日かけて考えたんだ。父さんだったらどうしていたかと聞いただろう。父さんはきっと、正義と違って逃げていたと思う。父さんは弱いから、自分で何とかしようとか考えないで、きっと学校の先生とか、お父さんとか、とにかく大人に話をしたと思うよ。あの場は逃げてしまったと思う」

父さんらしい正論だ。確かに父さんならそうしたんだろうと思った。僕だってどうしてあの時あんなことをしたか分からない。どうして、あの時自分で佐藤杏子を助けようと思ったのかなんて分からない。

父さんは、この後結局僕には何も話さなかった。

河合さんが入って来て、明日の朝に検察官の取り調べがあること、その後に家庭裁判所に行き、今日会った調査官とまた面談すること、少年鑑別所送致にならないように努力していること、そして、僕は正当防衛の可能性が高いので、明日には自宅に帰れると繰り返し言っていた。

じゃあ、殺人という罪は誰が受けるのか?

僕は二人の話を聞いているけど聞いていなくて、自分の72時間を考えていた。

気がつくと朝になっていた。結局、一睡もできなかった。

調査官が言った「自分の犯した罪の深さを十分に理解するように……」という最後の一言が頭から離れずに、自分の犯した殺人という罪を考えていた。

僕は、この数日間よくもあんなに熟睡できていたと不思議に思った。本当の意味で反省するというのは、正当防衛ではなく殺人犯であるということを主張することであって、その後にどうやって更生するのか、そもそも人を殺した人間が更生なんてできるのか疑問に思って、堂々巡りの考えが、ぐるぐると脳と心を支配して眠気なんて起きなかった。

検察庁に移送される準備がされていて、河合さんが警察署に泊まったんじゃないかと思うくらいに朝早くに来た。

母さんが作ってくれたクロワッサンのサンドウィッチを食べていたら、梶ヶ谷さんが相変わらず高飛車な感じで僕に話しかけてきた。

僕は、梶ヶ谷さんが何を聞いてきたのかよく分からなくなっていた。眠れなかったせいか、梶ヶ谷さんの声を僕の脳がシャットアウトしたのか分からないが、とにかく何を言っているのか分からなかった。すると、急に梶ヶ谷さんが怒り始めて、僕の態度が反省をしていないとか、全てが計画的だとか言ったらしく、河合さんと口論していた。

僕は、ずっと付き添っている警察官が、僕の背中を赤ん坊が泣かないようなでるようにしていたからか、大きな声を聞いても、前みたいに大声を出して叫んだりしないでいられた。

数時間して、ようやく僕は検察庁に移動するワゴン車に乗り込むことになった。あんなに朝早く河合さんが来たのにはマスコミ対策があったみたいだけど、結局、梶ヶ谷さんのお蔭で台なしだと、河合さんが警察官に愚痴っていた。

「正義君、お母さんが洋服を用意してくれているから、きちんとその洋服に着替えて準備ができたら出発しよう」

と言って、紙袋から紺色のブレザーを出した。それは、学校の制服だった。父さんや山崎さんや河合さんも着た、学校の制服だった。

「正義君、私たちが君に、この制服を着て警察を出て行ってほしかったんだ」

「なぜですか？　僕は人殺しじゃないですか。山崎社長や河合先生の母校の名を汚した後輩なのに、どうしてですか？」

「君が母校の名を汚したなんて思っていないからさ。不思議だろうけど、私たちは本当に正当防衛を信じているし、君の正義感に感銘していると言っても過言じゃないんだよ。私たちが卒業した学校は、あっ、君が卒業をする学校だよね、知っての通り優秀な生徒が多いから、大学卒業後は官僚になったり検事や弁護士、それに裁判官になったりしている奴もいるんだよ。学生の頃は皆、世の中を良くしようとか、日本を変えるんだとか大きな夢を持っているんだけど、いつの間にか正義感がどっかに置き去りにされてしまい、なんとなく型通り収まる感じが正解のようになってしまっていてね。情けないけど、このありさまなんだよ。だから、私たちのために、この制服を着て警察署を出てほしい。嫌ならいいんだよ」

と言って手渡された。

僕は、履き慣れたローファーを履くと、また、ブルーシートの壁の内側を歩いた。ブレザーにネクタイをして、革靴を履いて、このブルーシートの内側を歩く少年が何人いるのだろうと思いながら、真っ直ぐ前を向いて車に乗り込んだ。

相変わらずの怒号とフラッシュに目眩を起こしそうになりながら、ようやく座った。

検察庁というところは、凄く殺風景な暗い感じの建物だった。もっと仰々しく威圧的なところだと勝手に想像していたけれど、どちらかと言うと学校みたいな雰囲気もある。

検察官の人も、拍子抜けするほどに気さくな雰囲気を演出している人だった。まるで少し前にテレビで見た検察官ドラマのシーンのようでもあった。でも〝できる大人〟といった風格は消すことができないようで、凄く格好が良い大人だった。梶ヶ谷さんに、この検察官をお手本にしてはどうかと教えてあげたいと、ふと思ってしまった。

検察官の調書は、警察で聞かれた内容を繰り返し確認するような感じで、午前中で終了した。検察官室を出ると廊下で河合さんが待っていてくれた。僕は、河合さんと家庭裁判所に行く道すがら、審判の時には、僕からは何も話をしないようにとアドバイスをもらった。

なんでそんなことをわざわざ河合さんが言ったのか、僕の性分を見抜いていたんだと、後になって分かった。


家庭裁判所での審判は、裁判のように傍聴席とかがあるわけではなく、普通の会議室みたいな広い部屋に机がいくつかあって、裁判官が僕の目の前に座った。昨日の調査官と裁判所の人がその横の机に座り、僕は父さんと河合先生と並んで座った。

裁判官は僕の名前やら住所やらを言った後で、事件の内容をずっと話していた。まるで物語を読んでいるようだった。

僕は、窓の外を見ていた。

もう冬の景色になっていた。たった数日しか経っていないのに、窓の外が夏と違う重い空気になっていた。

「正義君、理解できているかな？」

という河合先生の声で現実に引き戻された。

「すみません。ついぼうっとしてしまいました。もう一度、説明をお願いします」

と謝った。本当にぼうっとしていて、何を話していたのか全然分からなかった。

「これからの君に関して刑罰及びその処置を決定いたします。何か述べたいことがあれば述べなさい」

裁判官はとても冷静で冷たい雰囲気だった。きっと毎日いくつもの裁判をこなしているから、こんな表情になってしまうんだろうと思った。

「何もないようであれば、審判に移ります」

その声を聞いた時に、無性にこのままではダメだと思ってしまった。何もかも決まりが付かずに宙ぶらりんになっている僕の心が、自分の言葉でどうしても裁判官に聞きたいと口を動かした。

「あのう、すみません。僕は基本的に規則正しく今までもこれからも生きて行こうと思っています。恐らく、これからの暮らしは困難なものになると思います。でも、僕は勉強をしたいのでの時間はきちんと取りたいと思っています。河合弁護士が、僕は正当防衛だから無罪になると仰っていました。それでも僕は何らかの施設に入らなければならないのですか？　学校に戻ることはできないのですか？　僕の人生はもうおしまいですか？」

何をバカみたいなことを言い出したんだと、父さんがギョッとして僕を見た。

「僕は何てことをしてしまったんだと、本当に思っています。もしかしたら、あの男の人にも子供がいるかもしれないし、僕の人生や両親や祖父母や親戚の人や、友人たちや学校の先生、迷惑をかけてしまった人がたくさんいる。とにかく僕の人生は、とんでもないことになってしまった。僕はあの時、彼女を見殺しにして逃げれば良かったのかと思います。目の前で彼女が何をされても、どんなに苦痛で悲鳴を上げていても、見なかったことにしていれば、今、僕はここにはいなくて、今頃、いつもと変わらない学校で授業を受けていたと思うと、本当に分からない。僕の罪は何ですか？」

涙で塞がれた喉から絞り出すようにやっと出した声は、どれだけ相手に伝わっているのか見当もつかない。僕は、質問をした後はただそこにいるだけで精一杯で、何が行われていて、自分がどうなるのかなんて分からなかった。

「それでは、慎重な審判により正当防衛による不処分とする。但し、精神面を考慮し、児童自立支援施設に入所し、カウンセリングを3ヶ月受けたのちに家庭へ戻すことにする」

そう言うと裁判官は、僕の質問には一切答えずに席を立った。

「起立、礼」という号令で、僕も授業の終了時と錯覚し、起立をして礼をして、終わってしまった。

何だったんだ、今のは……。

たった数行のセリフで全てが終わりなのか。

僕の思いとか、佐藤杏子の思いとか、人殺しとか、結局何一つ片付いていないのに、僕は無罪になり、3ヶ月を施設で真面目に過ごした後は、普通に大学に行って社会人になっていいってことなのか。僕は人殺しなのに……。


家庭裁判所からワゴン車に乗って児童自立支援施設に向かう車窓には、車やオートバイに乗って追いかけてくるマスコミの人がたくさんいた。みんな僕の写真を撮ろうとしている。この人たちは、数日、数週間したら別の特ダネを探しに行くんだろう。僕のことなんてすっかり忘れて。もしかしたら、今日、大物政治家が何かしでかしたり、大物芸能人が結婚宣言でもしたら、明日には僕のことを忘れる。
そんなもんなんだよ、この世の中は。優介はそれを知っていて、あの時、僕のことを守るって言っていたんだ。

赤信号で止まっている間に、そっと少しだけカーテンを開けて窓の外を見たら、高校生たちがバカみたいに騒いでいて、幸せそうだ。
僕だって数日前は、この薄っぺらいガラスの向こう側で、くだらない話をして盛り上がっていて、まさか信号待ちの車の中から犯罪者が僕らを見ているなんて思わなかった。

人差し指の爪でガラスをカチカチカチとそっと叩くと、生きる世界の境界線なんて、こんなガラス1枚分しかないんだと思えて、ギュウッと喉が詰まってくる。

これから僕に起こることは、良くも悪くも容易く変えることができるはずで、僕は、本当は無罪なんかじゃなくて人殺しだけど、こちら側の人間でない生き方が、僕にはきっとできるはずず。

佐藤杏子は、こちら側とあちら側の世界を行ったり来たりしながら、今まで生きてきたんだ。

結局、本当はどちら側の世界の人間なんだろう。

僕らは、佐藤杏子を僕らが生きようとしている世界に連れて行くことができたのかな……。

この物語はフィクションです。

著者プロフィール
神村 夏紀（かみむら なつき）
神奈川県出身

Borderline

2014年10月15日　初版第１刷発行

著　者　神村 夏紀
発行者　瓜谷 綱延
発行所　株式会社文芸社
〒160-0022　東京都新宿区新宿1－10－1
電話　03-5369-3060（編集）
03-5369-2299（販売）

印刷所　株式会社フクイン

ISBN978-4-286-15493-0